Le Rocher des Proscrits

DU MÊME AUTEUR

Romans

Le Chien d'Ulysse, Gallimard, 2001 – Prix littéraire de la Vocation, prix Goncourt du premier roman, Bourse de la découverte Prince Pierre de Monaco.
La Kahéna, Gallimard, 2003 – Prix Tropiques 2004.
Tuez-les tous, Gallimard, 2006.
Le Silence de Mahomet, Gallimard, 2008.
Amours et aventures de Sindbad le Marin, Gallimard, 2010.
Moi, Khaled Kelkal, Grasset, 2012.
Le Dernier Été d'un jeune homme, Flammarion, 2013.
Le Consul, éditions Gallimard, 2014.
Un jeune homme en colère, Gallimard, 2018.
La Peau des nuits cubaines, Gallimard, 2021.

Récits

Autoportrait avec Grenade, éditions du Rocher, 2005.
Dieu, Allah, moi et les autres, Gallimard, 2017 – Prix Renaudot Poche.

Essai

L'Exil d'Ovide, JC Lattès, 2018.

Nouvelles

Les Douze Contes de minuit, Gallimard, 2006.

Salim Bachi

Le Rocher des Proscrits

roman

PLON
www.plon.fr

Ouvrage publié sous la direction
d'Aurélien Masson

L'auteur a bénéficié d'une aide du CNL pour l'écriture de ce roman.

92, avenue de France
75013 Paris
Tél. : 01 45 87 50 01
www.plon.fr
www.lisez.com

Mise en pages : PCA
Dépôt légal : août 2025
ISBN : 978-2-259-32301-7

À ma mère.

À mes amis,
celles et ceux qui m'ont tendu la main,
les vivants comme les morts.

Tout à coup, le fils éleva la voix et interrogea le père :

— Que penses-tu de cet exil ?

— Qu'il sera long.

— Comment comptes-tu le remplir ?

Le père répondit :

— Je regarderai l'océan.

Il y eut un silence. Le père reprit :

— Et toi ?

— Moi, dit le fils, je traduirai Shakespeare.

LES OMBRES ERRANTES

Le père marchait vers le Rocher des Proscrits. L'écume léchait ses souliers noirs, menaçait de les noyer. Il eut envie de les enlever pour aller plus à son aise.

Le vent gonflait son paletot comme une voile. Il prit garde de bien enfoncer son chapeau mou sur son crâne. Il aurait pu s'envoler au diable, ou plus loin encore.

La mer battait, battait de plus en plus fort, comme un gros cœur malade.

Un rayon de soleil pointa entre deux nuages : il se souvint alors du pauvre Honoré de Balzac à qui il avait rendu visite deux années auparavant. L'écrivain atteint d'une hypertrophie du cœur se mourait seul dans sa chambre. Ce cœur généreux, qu'il avait aimé en dépit de critiques mordantes, avait abrité toute la société française de la Révolution à la monarchie de Juillet.

Un frisson parcourut son échine, il eut froid, un froid intense qui passa dans sa chair et s'insinua dans ses os. Lui aussi devrait mourir un jour, abattu par Dieu, en pleine gloire ou en pleine déroute. Sa vie lui semblait sur le point de s'achever sur cette plage battue par tous les vents.

Il se traînait sur la grève, plié en deux, brisé par le malheur et la solitude. C'était un proscrit, un exilé, un Jean sans terre.

Il souffla profondément, s'accroupit dans l'eau, et détacha son soulier droit. Il le lança au loin sur la grève. Il en fit de même avec le deuxième qui atterrit encore plus loin. Il ramassa une grosse pierre et enfonça avec son galurin et son écharpe jaune dans le sable humide. Comme ça, ils ne s'envoleraient pas. Juliette se moquait beaucoup de son accoutrement quand, depuis sa fenêtre, elle le voyait passer en compagnie de ses enfants et de ses chiens. Ses deux fils étaient des hommes à présent, et sa fille Adèle, qui ne sortait jamais de Marine Terrace, une jeune femme ravissante dont la beauté se fanait sur ce caillou inhospitalier.

Pieds nus, il avança dans l'eau glacée en pensant à son ami dont il avait accompagné le cercueil jusqu'au Père-Lachaise, cheminant en tête de cortège comme Moïse guidant son peuple. Après tout, il avait été le chef de cette maudite école romantique ! Il avait fait la bataille d'Hernani, mis un bonnet rouge au dictionnaire, démantelé ce benêt d'alexandrin ! Il tenait l'un des glands d'argent du poêle, à côté d'Alexandre Dumas, l'autre géant encore en vie avec qui il avait eu bien des différends au temps de leur jeunesse. Ils s'étaient mené une guerre fratricide sur les scènes des théâtres parisiens, dans les couloirs des palais royaux, sur le marbre des imprimeries. Et s'il avait vaincu Vigny et Lamartine, Alexandre lui avait résisté jusqu'au bout. Aidé de son armée de scribes, il avait remporté de nombreuses batailles avant de perdre toutes ses conquêtes après la révolution de Février. Hannibal hirsute englouti dans les délices de Capoue. Plus frugal, il avait consolidé sa fortune gagnée sur ces mêmes scènes et dans les coulisses du pouvoir royal, amassant assez d'argent pour assurer son bien-être et celui des siens : femme, enfants, maîtresses. Après le coup d'État du deux décembre, il avait eu le temps, et surtout la présence d'esprit, de transférer son argent aux banques belges et anglaises. Il l'avait investi ensuite dans des rentes qui lui permettent aujourd'hui, en exil à Jersey, d'envisager l'avenir avec plus de sérénité que la plupart des proscrits qui ont tout perdu en quittant la France.

Il contemplait l'océan.

Les embruns mouillaient son visage. Son nez se mit à couler sous la brise. Il se moucha dans ses doigts, les essuya ensuite sur son paletot. Ses cheveux ruisselaient le long de son visage lunaire. Il avait épaissi depuis son séjour à Bruxelles, ses joues avaient gonflé. L'âge non plus n'arrangeait rien, même s'il n'avait jamais été beau à proprement parler. Jeune homme, il ressemblait à un chérubin un peu niais, maintenant il tend vers le batracien luisant.

Le vent forcit. La mer devint grosse comme une vache sur le point de vêler. Il y a une heure à peine tout semblait calme : l'océan déroulait ses paisibles moutons blancs sous un ciel encore bleu.

Une vague manqua le renverser sur le sable.

Trempé des pieds à la tête, il se mit à jurer puis à rire comme un possédé. Quelle immense plaisanterie des dieux ! Son rire amer sonnait à ses oreilles comme une toux de phtisique. Nouvelle quinte de rire sous la pluie qui tombe à seaux sur sa tête bien pleine ! Le cœur serré, il pensa à Léopoldine, demeurée à Villequier, sous la terre froide du cimetière, sous l'averse elle aussi.

Sa petite fille chérie à qui il ne pourrait jamais plus rendre visite à présent qu'il a abordé sur ce rivage inhospitalier. Ulysse échoué sur l'île de quelque magicienne qui l'a transformé en porc. Il pouvait essayer de commander aux éléments pour voir ! Ordonner aux flots impétueux de se calmer ! Injurier le ciel. Leur faire rendre gorge, ciel et mer confondus, pour toute la peine qu'ils lui causent sur ce rivage battu par le vent et la pluie, rivage désolé où il pensait trouver enfin la paix. L'imprécation vaine est tout ce qui lui reste de son ancien pouvoir.

Il rota pour saluer la tempête. Son déjeuner, copieux, pris avec toute la smala d'Abdelkader (ils vivent ce qu'ont vécu ces mahométans de la régence d'Alger exilés à Amboise), ne voulait pas se laisser digérer par les sempiternels *mille passus* face à la mer ! Marcher ne vous avance à rien parfois !

En parler avec le général Le Flô, son nouvel ami ? Abdelkader dans son lugubre cachot. Le lion féroce de l'Atlas face à cette hyène de Bonaparte. L'Algérie l'obsédait, même s'il ne décidait jamais, en conscience, si la cause de la colonisation était juste ou non. Il avait braillé à qui voulait bien l'entendre qu'Alger était à la France et qu'il fallait civiliser les barbaresques ; il n'empêche, la violence inouïe de la conquête l'avait rebuté. Le général Le Flô ne fit que confirmer ses craintes.

Un bain s'imposait. Peut-être pas la meilleure idée par ce temps. Qu'à cela ne tienne : il avancerait dans la mer en furie !

Il défit son paletot et le jeta sur le sable noir. Sa chemise jaune ensuite qu'il cacha sous le manteau plus lourd. Il bomba le torse comme un taureau dans l'arène. Il aimait l'Espagne, la course, la mise à mort des bêtes : les entrailles et le sang de ce théâtre cruel. Un meurtre ? Non : « On abat un rocher, on abat un chêne, on abat un chien ; le meurtre commence à l'homme ; l'homme seul peut être assassiné. » Pourtant, il aimait les bêtes, sa chienne Chougna par exemple, offerte par ce brave Sandor Téléki, l'accompagnait souvent lors de ses balades au bord de la mer.

Il était nu sous le ciel courroucé qui se couvrait d'une chape noire. Il garderait sa culotte pour nager. Elle ne le gênerait pas ; bien au contraire, elle tiendrait au chaud ses jambes grêles alors qu'il progresserait vers le large. Le plus loin possible, au diable s'il le faut. Comme pour fuir sa propre culpabilité : Caïn plongeant son regard dans l'abîme après le meurtre de son frère Abel.

En pénétrant dans l'eau glacée, il repensa à Balzac. À l'ultime visite qu'il lui avait faite. Il frissonna.

La vague s'abattit violemment sur lui. Vigoureux, il parvint d'un coup de pied à s'arracher à la lame qui cherchait à l'engloutir.

Il tendit les bras vers le ciel, reprit son souffle, puis se jeta, tête la première, dans le bouillon noir de la mer.

Sous l'eau glauque, il se laissa porter par un courant ascendant qui le repoussa vers la surface, retenant son souffle jusqu'à l'extrême limite fixée par sa bonne nature, échappant aux coups répétés des vagues. Il expulsa, l'air dans l'eau et, encore vaillant, remonta à la surface en agitant ses pieds et ses mains avec une vigueur accrue. La vague l'engloutit de nouveau.

Vaincu, il se laissa porter par ce courant qui l'éloignait du rivage. Il s'en remettait à la mer qui le poussait au loin, si loin qu'il ne voyait plus le rivage, même s'il apercevait encore le Rocher des Proscrits, masse sombre se découpant sur un ciel d'encre. Ne pas lutter, reconnaître et accepter la loi que dicte l'océan pendant que l'homme obéit, contraint par la Nature immense.

Il appliquait à la lettre la leçon du maître, Charles, son fils, excellent nageur, désormais occupé aux tables parlantes de Mme de Girardin !

Delphine les avait entraînés dans cette aventure grotesque et folle qui visait à convoquer les morts à Marine Terrace. Elle prétendait que les esprits - les périsprits - trouvaient refuge dans les tables pour communiquer avec les vivants, comme ils trouvaient refuge à Delphes dans un trépied pour délivrer leurs vérités oraculaires. Hardie, la comparaison lui plaît. C'est d'ailleurs Delphine de Girardin qui a choisi un petit guéridon à trois pieds dans une échoppe de Saint-Hélier. Sur cette table de fortune, elle dispose les lettres imprimées de l'alphabet ainsi que deux cartons pour le oui et le non. Elle veut leur prouver qu'ils ont tort de prendre la chose à la plaisanterie. Il veut y croire bien sûr, même s'il observe un détachement un peu feint au début. Il laisse faire Adèle mère qui croit pouvoir parler à leur Léopoldine.

— Delphine, vous êtes folle.

— Victor, je le prends comme un compliment. Nous ne sommes pas des gens raisonnables. Sinon que feriez-vous sur ce caillou, dites-le-moi ?

— Comme le grand Newton, je glane des coquillages sur la plage. J'envoie des sorts à votre Bonaparte.

— Votre *Napoléon le Petit* fait un tabac en France. Je ne vous en félicite pas !

— On s'occupe comme on peut. Vous avez vos tables à faire tourner, j'ai mes livres à écrire…

— Vous vous méprenez sur Bonaparte. Eugénie me disait encore qu'il vous tient en grande estime malgré vos facéties.

— Oui, au point d'emprisonner mes fils et de mettre ma tête à prix !

— Soyez patient, mon cher ami, les choses rentreront dans l'ordre d'elles-mêmes, dit-elle en lui prenant la main et en la caressant.

— Maintenant, les tables !

Paris est fou des tables mouvantes, ou des tables parlantes ! Il y voit une lubie destinée à faire oublier le coup d'État du Nabot dansant qui l'a exilé sur son Elbe normande. Son couronnement ridicule d'empereur des Français le ferait rire s'il ne le désespérait pas. Ce gredin de faux monarque, ce Boustrapa, ce Badinguet comme le surnomment les proscrits, devrait moisir à sa place sur ce rocher ! Lui, qui aime bien les paradoxes, enrage. Quant à sa chère Delphine, les garçons la taquinent beaucoup depuis son arrivée à Jersey, dix ans jour pour jour après la mort de Léopoldine.

Depuis la mer, il voyait la fenêtre de sa chambre où, de bonne heure, il se levait pour travailler à ses œuvres. Il débordait de projets depuis que la vie politique lui avait été interdite. Mais quand on ne le convoquait pas à La Fraternité, l'un des deux cercles de proscrits de Jersey, pour discuter de choses futiles la plupart du temps, on le tenait éveillé de force, la nuit, avec les tables maudites de Delphine de Girardin, ce qui l'épuisait malgré le regain de forces qu'il connaissait depuis son exil.

Au début, elles restaient muettes ou laconiques comme des imbéciles, lâchant des bordées de mots sans signification, coquecigrues qui faisaient bien rire François-Victor, voltairien pour embêter sa mère.

Mais tout changea un soir de mi-septembre, quand Adèle mère laissa sa place à Charles.

— Qui es-tu, toi ? demanda Charles.

La table répondit :

— Fille.

Stupeur dans toute la pièce.

Auguste Vacquerie questionna à son tour la table :

— À qui est-ce que je pense ?

— Morte.

Delphine de Girardin, très émue :

— Fille morte ?

Auguste Vacquerie :

— À qui est-ce que je pense ?

— Morte, répète la table. Morte.

Tout le monde pensa à Léopoldine, noyée il y a dix ans dans la Seine, non loin de Caudebec. Sa Didine adorée. Son cœur s'arrêta de battre. Il était descendu par hasard dans le *parlour* où avaient lieu les séances depuis quelques jours. Une pièce sans fenêtres, aux murs nus passés à la chaux, un étouffoir où il n'aimait pas s'attarder.

Delphine de Girardin demanda de nouveau à la table :

— Qui es-tu ?

— *Ame soror.*

Le général Le Flô sortit de sa réserve pour prendre lui aussi la parole. Il faisait à présent partie des familiers qui hantent Marine Terrace. En somme tous les proscrits se trouvant des accointances avec le poète qu'ils admiraient à la fois pour son œuvre et son courage politique.

— Charles Hugo et moi qui tenons la table, nous avons perdu chacun une sœur. De qui es-tu la sœur ? demanda le général, la voix brisée.

— Doute ?

Qui doute ? Lui, bien sûr : ce ne pouvait être sa Didine. Il ne croyait pas aux tables. La mort ne s'invite pas chez vous comme dans un moulin. Pourtant il était là, descendu de sa chambre où il s'enfermait toutes les nuits pour écrire jusqu'à minuit, attiré par les éclats de voix d'Adèle mère et de ses enfants.

— Ton pays ?

— France.

— Ta ville ?

Elle ne répondit pas. Elle était là pourtant. Il le sentait bien : son esprit planait au-dessus de ce guéridon. Toute la maisonnée pleurait à chaudes larmes, invités compris, même le bourru général Le Flô. Lui-même versait des larmes, emporté par une grande vague de chagrin qui le submergeait comme l'océan. Comme celle, inouïe, extraordinaire, qu'il avait ressentie à Rochefort, il y a dix ans, en lisant le journal qui lui avait appris la noyade de Léopoldine et de son mari Charles. Cette même vague immense qui menaçait de l'emporter dans cette mer noire que le ciel s'apprêtait à engloutir.

Et s'il ne revenait jamais ? se demanda-t-il, en affrontant le flot qui le poussait toujours plus loin, comme l'Histoire l'avait poussé sur ces rives de la désolation qui se refusaient à lui.

Après un moment d'égarement provoqué par une insondable douleur, il revint à la nage, jeta sa tête et ses bras dans l'écume bouillonnante, luttant âprement contre le courant et les vagues qui tentent de l'engloutir.

Il vit enfin la lumière promise par les tables mouvantes. Dieu lui pardonne ; Dieu lui parle enfin !

Nous croyons. Nos cœurs croient.

Cette fois, il s'adresse directement à la table :

— Es-tu heureuse ?

— Oui.

— Où es-tu ?

— Lumière.

Elle baigne dans la lumière céleste.

Un rayon de soleil perce entre les nuages. Le sel dans ses yeux le fait glorieux, brûlant de mille feux. Des écailles d'argent qui l'aveuglent en tombant sur sa rétine.

— Que faut-il faire pour aller à toi ?

— Aimer.

Ils se taisent, leurs visages baignés de larmes.

Le courant le portait très vite vers le Rocher des Proscrits ; il n'avait même plus besoin de nager : il se laissait aller, corps rendu à la mer.

Il se revit une dernière fois au bord de la table, entouré par sa famille et ses amis.

Les lampes-tempêtes approfondissaient les ombres, creusaient le mystère de la nuit.

Le visage de Delphine s'illumina, exalté. Elle demanda :

— Qui t'envoie ?

— Bon Dieu.

— Parle de toi-même. As-tu quelque chose à nous dire ?

— Oui.

— Quoi ?

— Souffrez pour l'autre monde.

Lui aussi demande, le cœur chaviré :

— Vois-tu la souffrance de ceux qui t'aiment ?

— Oui.

Delphine :

— Souffriront-ils longtemps ?

Étrange question. Ils souffriront jusqu'à leur dernier souffle. Jusqu'à l'engloutissement dans les vagues froides du néant.

Le rayon de soleil avait disparu, recouvert par un nuage gigantesque qui semblait choir sur l'océan : la main de Dieu veut l'enfoncer dans ce ventre froid.

— Non, répondit la morte.

— Rentreront-ils bientôt en France ?

Pas de réponse.

Son exil creusait un abîme sous ses pieds. Un abîme liquide ; il avait beau se débattre, pousser comme un nouveau-né le vagissement de la vie, la mort l'enserrait dans ses bras comme elle avait enserré sa pauvre Didine.

Lui encore, interrogeant la Morte :

— Es-tu contente qu'ils mêlent ton nom à leur prière ?

— Oui.

— Es-tu toujours auprès d'eux ? Veilles-tu sur eux ?

— Oui.

— Dépend-il d'eux de te faire revenir ?

— Non.

— Mais reviendras-tu ?

— Oui.

— Bientôt ?

— Oui.

Ses muscles tétanisés par le froid, il continua à nager en direction du rivage. Ses poumons brûlaient l'eau. Une nouvelle lame, surgie devant lui, le projeta en arrière. Son corps s'éleva dans les airs, fétu de paille emporté par la bourrasque. Il retomba sur le dos et manqua se noyer. Il parvint à se retourner, toujours sous l'eau, puis à regagner lentement la surface où il respira enfin.

Cette fois, il renonça à combattre. Il se laissa porter par le courant qui l'emporta vers le Rocher des Proscrits.

Un éclair fendit le ciel, jeta un trait de lumière, découpant le promontoire sur l'ombre bleue : il entraperçut le rivage inatteignable.

D'autres feux se succédaient pendant que l'orage explosait en bruits métalliques qui l'assourdirent au milieu de l'océan.

Cette canonnade lui rappelait les barricades de Juin 48, le peuple sur lequel il avait fait tirer pour sauver sa république de pacotille !

Dieu le hait, lui, Victor Hugo. Et Il veut le précipiter dans l'abîme.

Une vague immense le souleva. Il crut enfin toucher au ciel quand elle ne fit que le précipiter sur le Rocher des Proscrits où elle l'écrasa comme une mouche.

Il avait échappé à la noyade, mais pas à l'empalement sur ce maudit rocher ! Il se mit à rire sur son sort tout en se traînant dans l'eau, la jambe gauche fendue du genou à la cheville ; et une térébrante douleur au dos qui l'élançait. Son sang colorait la mer viride d'une teinte bleue. Celui-ci s'échappait à jets continus comme une anguille. Le ciel était toujours vêtu de sa cape noire. Il s'avançait vers le rivage, en s'appuyant sur sa jambe valide, traînant l'autre derrière lui comme du bois flotté, une main sur son bassin endolori.

Quel vieillard ! Quel pauvre petit vieillard idiot !

Il se morigénait en ahanant comme une bête. Il continuait à fendre l'écume blanche puis rouge puis blanche, jusqu'au rivage où il finit par s'écrouler comme un paquet de linge humide.

Au diable sa dignité, il n'en avait plus. Perdue depuis longtemps ! Oh, bien sûr il faisait semblant de se contenir alors qu'il avait un mal de chien. Il avait envie de pleurer, perdu sur ce rocher inhospitalier. On lui avait tout enlevé, Dieu lui avait tout enlevé ! Sa fille, sa tendre fille, son amante Léonie, qui le consolait de la mort de son petit enfant. Léonie dans les bras de laquelle il avait recouvré la vie, lui qui avait été mis au tombeau avec sa Didine, enfourné dans la terre noire avec tous les morts depuis l'aube des temps.

S'il aimait encore Juliette et Adèle, elles étaient avant tout des amies de cœur, des compagnes familières et maternelles qui l'ennuyaient un peu. Il avait eu besoin du feu de la passion pour cautériser sa plaie, s'arracher aux ténèbres de Villequiers. Et tant pis si ses détracteurs et ses amis à l'instar de Balzac s'étaient moqués de lui en le caricaturant dans les journaux ou dans leurs livres. Il avait refusé de tout son être de se rendre aux ténèbres, d'abdiquer devant la mort absurde qui avait saisi sa petite fille chérie. Il avait cherché en lui, parmi les décombres de son existence, ce qui pourrait résister au néant. Il n'avait rien trouvé, rien. Et tant pis si les gens pensent à présent qu'il s'est trouvé des excuses pour aimer des jeunes femmes.

Léonie est loin à présent, et refuse de répondre à ses missives qui doivent transiter par des relais amicaux pour déjouer la censure de Badinguet, surtout par Louise Colet dont il admirait la poésie virile. Il eût aimé la connaître mieux ; l'exil les sépare. Il lui écrivait son admiration et en profitait pour glisser des lettres à ses amis restés en France. À Léonie aussi, à de nombreuses reprises pour ne pas la perdre. Ses lettres étaient le plus souvent adressées à l'amant de Louise Colet, un certain Gustave Flaubert, jeune Normand qui se pique d'écrire sans grand succès. Ce dernier les envoyait ensuite à Paris par la poste pour déjouer la censure de l'Infâme.

Léonie ne répondait pas à ses missives. Elle se sentait flouée. Il ne l'avait pas emmenée en exil avec lui. Elle l'aurait suivie, il n'en doutait pas, jusqu'en enfer puisqu'elle s'était damnée pour lui. Elle n'attendait qu'une invitation à le rejoindre. Au lieu de cela, il s'était rangé à l'avis de Juliette et Adèle, toutes deux liguées contre la jeune femme alors qu'elles se détestent d'habitude. Voilà qu'il se répète, sombre vieillard, sombre idiot ! Il ressasse souvent les mêmes pensées. Elles l'ont persuadé que sa venue à Jersey le compromettrait. Il avait poussé les choses dans ce sens. Léonie est une femme très forte, indomptable : elle lui fait peur. Ses opposants politiques à Paris, les amis de Badinguet, se seraient servis du scandale de l'adultère pour salir encore plus sa réputation. Il avait abdiqué devant ces Parques dont la raison masquait mal l'intérêt immédiat : couper les liens qui les attachaient l'un à l'autre.

Il aurait dû s'élever contre cette injustice. Il n'en fit rien.

LE DICQ

Lâche petit père ridicule qui se traîne comme un crabe sur la grève d'Azette ! Il l'avait compromise, puis abandonnée. Vilain petit bonhomme qui charrie sa jambe derrière lui. Honoré avait raison après tout. Un baron Hulot, voilà ce qu'il est ! Honoré lisait à livre ouvert dans le cœur de ses amis, dans tous les cœurs, dans le sien surtout.

Il ressentit un pincement douloureux dans la poitrine au ressouvenir de son ami qui lui manquait terriblement comme lui manque le Tout-Paris des lettres, rempli de fripons, mais aussi d'amis merveilleux. Oui, il est bien l'otage de deux femmes, à la fois faibles et puissantes, dont l'une lui rappelle sa mère, Sophie Trébuchet, capable de cacher son amant dans leur maison des Feuillantines pour le soustraire à la police de l'Empereur, le seul, l'unique, le véritable, pas ce Nabot de chansonnette ; puis de traverser avec ses enfants l'Espagne insurgée pour demander le divorce et une pension à son mari à Madrid !

Sophie Trébuchet l'avait encouragé à devenir poète. Elle avait aussi voulu le décourager d'épouser Adèle. Sans cette mère confondue souvent avec sa femme, il ne serait rien aujourd'hui. Un gamin fantasque et faible qui aurait sombré dans la folie comme son frère Eugène… Un dandy s'abîmant dans les plaisirs tel Alfred de Musset… Un enfant perdu du siècle… Il l'admirait et la craignait par-delà le tombeau qui l'avait pourtant libéré d'elle et lui avait permis d'épouser Adèle. La mort n'avait aucune prise sur elle. C'était une ombre dressée derrière lui à chaque moment terrible de sa vie. Elle était à Villequier sous son voile blanc, penchée sur la tombe de Léopoldine. À Bruxelles, dans cette chambre sans feu où il se demandait en pleurant à chaudes larmes si sa vie avait encore un sens. À Jersey, pendant les nuits de tempête, alors qu'il sombrait dans la folie et entendait des coups, des voix venues de nulle part ; et que son lit tremblait, secoué par les esprits !

Sa mère ne se présentait jamais aux tables parlantes. Il ne l'invoquait jamais, redoutant trop sa présence accusatrice. C'est elle, cette dame blanche qui passe et repasse sous ses fenêtres les nuits de pleine lune, et remplit son cœur d'une terreur térébrante ?

C'est à cause d'elle qu'il a enfermé Juliette pour se l'attacher corps et âme. Il avait trop peur qu'elle se comportât comme sa mère avec son père, comme Adèle avec cet imbécile de Sainte-Beuve. Les Hugo, père et fils, sont de tout petits bonshommes trahis par leurs femmes trop grandes pour eux. Qui sait de quoi sont capables ces créatures dont il ne peut se passer ? Dans quels bras se console Léonie à présent ? Et ses autres petites muses dont il perd le compte ? Il ne cessait d'imaginer Léonie avec un autre homme puisqu'il avait été cet autre. Il n'avait rien fait pour la sauver quand elle avait été emprisonnée à Saint-Lazare. Pas de grands discours sur la liberté de la femme. Il s'était terré dans son appartement, attendant que la tempête passât.

Il récupéra son paletot, son galurin aplati par la grosse pierre ainsi que son écharpe jaune qu'il enroula autour du cou. Trempé jusqu'à l'os, transpercé par la bourrasque, il parvint néanmoins à se réchauffer. La nage puis la violente chute sur le Rocher des Proscrits l'avaient revigoré. Certes, il avait très mal à la jambe, mais il avançait, cahin-caha, sur la grève d'Azette.

Perdu dans ses pensées, il ramassait des pierres tout en claudiquant. Petit Poucet rêveur, il les enfournait dans une poche de son paletot. Il pensa à son gamin de Paris qui avait glissé sur les pavés avant de recevoir une salve mortelle. Salve qu'il avait déclenchée… Il le sait, il l'a vu son Gavroche, emporté par la balle d'un fusilier sur la barricade. *Les Misérables* sont là sous son crâne, dans sa malle, qui le tentent comme Ève. Mais sa poire n'est pas encore mûre, se dit-il en se frappant le front comme un idiot avec le galet qu'il vient de glaner. Il la cueillera quand cet océan l'aura empli de toute sa violence.

Il enjamba méticuleusement le menhir couché abandonné par des Géants. Les mêmes Dactyles avaient laissé tomber du ciel quatre pierres de granit rose sur la plage.

Plus haut, derrière la barrière du Dicq, à Saint-Hélier, loge sa Juliette dans un modeste appartement dont les fenêtres donnent sur l'océan, sur Marine Terrace, et sur cette plage où il se promène souvent. Quand elle ne le dispute pas à propos des tables parlantes, qui le rendront fou s'il n'y prend garde, elle lui écrit tous les jours qu'elle le voit courir avec ses enfants et ses chiens sur la grève d'Azette.

Lui-même y croit-il vraiment, à ces tables mouvantes ?

Dans la cuisine où ils sont réunis, Charles objecte qu'il devine les mots avant que la table ne les dise. Il a un temps d'avance sur les esprits.

— J'ai l'impression que c'est moi qui influence la table.

— C'est certain ! s'exclame François-Victor. Quand tu n'y es point, elle reste muette ou ânonne des billevesées. L'influence de mère, et même de père, est quasi nulle sur ce monde auquel vous croyez tous. Mais quand tu poses les mains sur le guéridon, celui-ci se met à danser la gigue ! C'est une supercherie !

— Ne m'accuse pas, que diable ! Je n'y suis pour rien si la table se met à bouger. Il s'agit peut-être du fluide dont parle Kardec. Moi non plus, je ne crois en rien si tu veux savoir. Je constate.

François-Victor s'emporte contre son grand frère :

— Ton Kardec est un escroc ! C'est la solitude et l'ennui qui brouillent vos cervelles. Le vent vous rend fous ! Toi aussi, père, tu déraisonnes !

Le père n'a encore rien dit. Il rêve. Sa fille lui a parlé l'autre soir. Il refuse de départager ses enfants, de décevoir sa femme, de déplaire à Juliette qui le prend pour un idiot qui accorde du crédit à des fables de grands-mères.

Elle lui écrit tous les jours qu'il devrait s'éloigner de ces sorcelleries et composer ses poèmes. Il la croit, elle aussi, comme il croit sa femme qui déraisonne avec le cœur, l'âme tourmentée.

— Ne crie pas ! hurle Adèle à l'adresse de son frère.

Elle fait sursauter ce frère incroyant, réveillant la maisonnée, esprits compris. Elle a des humeurs incompréhensibles, ponctuées de longs silences qui durent des semaines entières. C'est la seule jeune femme à Marine Terrace, en dehors des servantes, et elle se sent très seule, abandonnée au milieu d'une troupe d'hommes agités qui lui portent sur les nerfs. Le plus souvent, elle s'enferme dans sa chambre où elle tient un journal sur leur vie à Jersey. Quand elle en a assez, elle descend s'exercer sur le piano du *parlour*.

Elle compose des mélodies tristes comme son visage dont la beauté se fane et s'éteint. Sa mère lui enjoint de prendre des bains de mer avec les autres pour redonner des couleurs à sa peau livide. Elle déteste se baigner dans cette eau glacée qui semble pourtant ravir les brutes à peine humaines qui l'entourent. Eux peuvent se déshabiller pour barboter dans cette lavasse, chose impossible pour une jeune fille qui risquera de se noyer dans ses jupons plutôt que dévoiler une cuisse ou une épaule. Elle pense à sa sœur dont la robe l'a entraînée au fond de la Seine plus sûrement que la barque à laquelle elle s'était accrochée par désespoir. C'est à cause de Léopoldine qu'ils sont tous en exil. Après sa mort, leur imbécile de père les a entraînés dans son aventure politique pour oublier !

— Maman ne va plus nous parler de la semaine ! lance-t-elle à ses frères. Elle croit que vous vous êtes ligués contre Léopoldine !

— C'est terrible et faux, se défend François-Victor.

Le père prend enfin la parole pour s'adresser à Charles :

— La divination des mots que va dire la table prouve que c'est tout simplement ton intelligence quintuplée par le magnétisme qui fait agir celle-ci et lui fait dire ce que tu as dans la pensée.

Il ajoute à l'adresse des autres :

— Nous devons envisager ce mystère des tables comme des scientifiques face à une manifestation de la nature. Nous sommes là pour observer et noter les mécanismes à l'œuvre. Longtemps la science de ce siècle s'est détournée du mystère. Il est de notre devoir de l'y faire revenir. Nous sommes… des aventuriers de l'Esprit ! Des psychonautes !

Les enfants rient de bon cœur. Leur père déraisonne.

Les psychonautes reçoivent à leur table Louis Bonaparte, Chateaubriand, Mahomet, Shakespeare, Chénier, Dante, Racine, Molière, Ésope, Jésus-Christ, Napoléon Le Grand, Charlotte Corday, Aristote, Moïse, Eschyle, La Poésie, le Roman, le Drame, Rousseau, Diderot, Machiavel, Hannibal, Sapho, Mozart, Alexandre le Grand, Raphaël, Aristophane, Socrate, Apulée, Léonidas, L'Ombre du Sépulcre.

De quoi occuper longuement leurs nuits blanches et peupler leurs journées austères de spectres joyeux.

Seul Balzac manque à l'appel. Il ne sait pourquoi son ami se dérobe.

Juliette s'alarme une nouvelle fois de cet aréopage de spectres qui l'éloignent de son Totor bien-aimé ; rien n'y fait. Totor s'enfonce dans cette nuit étrange que son âme peuple de ses pairs : ces grands esprits de tous les temps avec qui il discute, dispute, contredit, mais dont il note les paroles qui confortent sa pensée depuis la mort de sa fille. À savoir que l'âme est immortelle. Il faut ajouter que sans la présence de Charles, il le sait très bien, la plupart de ces illustres défunts ne viendraient pas mourir d'ennui à Marine Terrace. Son fils et lui se tiennent la main sur cet abîme où ils s'aventurent en dansant.

Il ramassa un beau galet tout poli par la mer et le sable, et le lança au loin dans l'océan du songe.

Il rebondit à l'infini.

Il reprit sa marche claudicante sur la plage, se dirigea cette fois vers le Dicq.

De loin, le brise-lames ressemblait à une forêt sombre, sculptée par cet océan qu'elle est censée repousser pendant les grandes marées et les tempêtes pour protéger Saint-Hélier. Le Dicq ressemblait aussi à un alignement de bonshommes étirés, plantés dans le sable, incendiés sur place, habitants de quelque Sodome ou Gomorrhe. Ces villes maudites enflammaient son imagination. Il fixait à l'encre de Chine, sur de grandes feuilles de papier, recouvrant parfois des poèmes entiers, ses visions nocturnes. Il s'en effrayait comme un enfant qui voit des chimères redoutables.

Il se promenait souvent seul sous la lune, et se perdait entre ces troncs pétrifiés par le sel, le vent et ressac.

La nuit, l'océan agissait sur lui comme un aimant. Envoûté, il s'adossait alors contre l'un de ces piliers de bois pour écouter le sourd battement – béhémoth rugissant des abîmes –, des masses liquides tantôt apaisées, tantôt furieuses, qui martelaient sa conscience.

Qu'un nuage vienne à passer devant la lune – ce promontoire des songes que lui a fait découvrir Arago grâce à la lunette de l'Observatoire de Paris –, et il se retrouvait plongé dans des ténèbres palpitantes comme des serpents, emplies du souffle épais de ce Léviathan qui s'apprêtait à l'engloutir. Machinal, il serrait ses bras autour d'un tronc du Dicq, s'y agrippait comme un naufragé à son radeau, craignant d'être aspiré par cette nuit sans fond dont l'appel violent pourfendait son âme à coups de cymbales, l'ouvrant en deux pour y faire descendre la glorieuse lumière des étoiles. Il était possédé par l'Océan, par Dieu, par l'Infini qui se déployaient devant ses yeux levés vers la Voie lactée, cortège de millions d'étoiles qui brillaient dans la nuit, et dont la lumière ne lui parvenait qu'après avoir parcouru ces immensités sidérales qui l'envoûtent.

Se peut-il que ce petit bonhomme rampant, une amibe à l'échelle de cette immensité à laquelle il se compare souvent, entende la voix de Dieu surgie de ce fond ténébreux ? Il n'en est pas sûr. Pas certain non plus que les tables lui parlent à Marine Terrace, malgré son étrange profession de foi devant ses enfants ébahis. Leur père serait-il soudain devenu fou ? Il n'est pas convaincu non plus que son exil à Jersey ait un sens malgré ses discours échevelés, ses pamphlets virulents à l'encontre de son ennemi, le Petit Bonaparte ; ni même que la mort de sa fille, il y a dix ans en arrière, ait quelque rapport avec ce Dieu et cette Création, encore moins avec sa vie scandaleuse avec Juliette. Tout cela n'est peut-être que le fruit du hasard, cette divinité stupide et méchante qui détruit la vie des meilleurs hommes.

Une bourrasque éparpilla les derniers nuages.

Il cligna des paupières, aveuglé par le soleil qui éclaire soudain la plage. Huit minutes, compte-t-il. C'est le temps qu'il lui faut pour parvenir sur la terre. Il le sait, il l'a lu quelque part. Il lit tout, la tête farcie de mots. Le livre de la Science est un poème. Un songe que les hommes ont tissé à travers les âges.

Mais il fait jour sur la grève d'Azette, et il s'extrait enfin de son rêve.

Devant lui, une foule de badauds : pêcheurs, gamins dépenaillés, chiens errants qui jappaient et se poursuivaient en bondissant sur le sable ; bourgeois désœuvrés, aristocrates de Sa Majesté la reine Victoria qui faisaient leur promenade vespérale, femmes en costume noir et voilettes blanches, goémonières habillées de robes de Jersey, coiffées de paniers d'osier, proscrits qui maraudaient, esseulés, mal attifés pour la plupart. Ils étaient pauvres, sales, échevelés et barbus à la mode proudhonienne – un homme qu'il déteste ; ils s'agitaient, tourbillonnaient, vrombissaient autour du Dicq en criant à qui mieux mieux, énorme tapage d'insectes. S'il ne distinguait pas bien ce qui les agitait tous – sa vue baisse avec les ans et il craint de la perdre pour de bon –, il entendait bien, en revanche, des exclamations furieuses portées par le vent :

— C'est ce traître ! Ce vendu ! Ah ! il l'a bien cherché !

Il se faufila dans la foule assemblée devant le Dicq.

— C'est Hugo ! entendit-il sur son chemin.

— Laissez-le passer ! Il est blessé ! ajoutaient d'autres personnes qu'il reconnaissait. Faites place !

— Ce n'est rien, marmonnait-il en avançant à grands pas pour démentir la rumeur qui s'emparait déjà de la troupe.

Il allait bien, que diable !

Il s'arrêta devant le Dicq, leva la tête vers le ciel et, cette fois, il vit de ses yeux cette chose monstrueuse.

— C'est Hubert, s'entendit-il dire à voix haute. Le misérable Hubert !

— Oui, c'est Hubert, répéta la foule en chœur, comme dans une tragédie. C'est Hubert ! Hubert ! reprirent les coryphées, çà et là autour de lui.

Hubert était pendu sur un poteau du Dicq, la tête en bas. Il avait les yeux crevés.

Il recula devant l'image barbare, fascinante malgré tout de cet homme cloué à l'envers sur sa croix.

— C'est un traître ! hurla un proscrit qu'il crut reconnaître.

Un imbécile dont la voix portait.

— Oui, c'est un traître ! scanda le chœur antique.

Il se tourna vers eux et les fusilla du regard. Ils se turent et baissèrent la tête devant ce vieillard rapiécé, à la chevelure dégoulinante d'eau, à la jambe gauche sanguinolente, au regard fou.

— Maintenant, je vous en prie, rentrez chez vous ! lança le connétable Philippe Asplet, le gardien de l'ordre à Jersey, un homme grave, au front dégarni, qui s'était insinué dans la foule des badauds.

Un ami aussi.

« Nous sommes tous perdus, tous », ne put-il s'empêcher de penser en regardant le corps sans vie de Julien Damascène Hubert.

JULIETTE

— Mon Totor, dans quel état es-tu ? Tiens, pose ta gambette là, mon gros oiseau blessé…

Totor ne peut réprimer un rire qui secoue sa jambe malgré la douleur. C'est sans doute l'effet recherché par Juliette, chez qui il s'est présenté après sa noyade ratée. Il n'aurait pu souffrir les remontrances de sa femme ou de ses fils à propos de sa passion folle pour la natation. Passion que Charles et Auguste Vacquerie partagent avec lui au point de se lever tous les matins pour courir à la mer. Mais ils sont prudents, eux, malgré leur jeunesse. Sa petite Adèle se fiche bien de se jeter la tête la première dans l'eau glacée. Il redoutait aussi les sarcasmes que ces diables d'enfants n'eussent pas manqué de proférer à son encontre s'il s'était présenté à Marine Terrace dans cet état pitoyable.

Avec l'âge, il supportait de moins en moins les atteintes à sa personne. Et comme il refusait de se fâcher contre ses enfants, il préférait se réfugier chez Juliette qui, elle, n'était jamais désobligeante. Qu'il fût blessé au physique ou au moral, elle savait le consoler. Il trouvait, à ses côtés, le réconfort qui manquait à Marine Terrace, toujours saisie d'une frénésie intense : engueulades des fils, coups de piano frénétiques de sa fille arpégeant son insondable chagrin, cavalcades dans les escaliers en bois des domestiques mal dégrossis, hurlements intempestifs de la fille, claquement de portes de sa mère en colère, pleurs des unes suivis de réconciliations tapageuses, scies et marteaux des ouvriers, rires démoniaques de ses aliénés de fils ! Sa maison est un pandémonium !

Il posa sa jambe sur un tabouret large et damassé qui lui rappelait celui de Balzac. Il avait toujours mal, la blessure paraissait plus vilaine qu'à la plage : son genou saignait encore et avait gonflé comme une pelote en caoutchouc. Juliette se précipita dans sa chambre, s'affaira longuement pendant qu'il geignait pour se faire plaindre. Victorieuse, elle en ressortit avec une étoffe blanche, propre et fraîche, qui ressemblait à l'étole d'un prélat.

— Tu vas tout me raconter, n'est-ce pas, mon ange ? demanda-t-elle en attachant délicatement le grand tissu de batiste autour de la jambe de son amant.

Elle le dévisageait, avide presque, attendant une parole qu'elle savait rare chez lui puisqu'il lui rendait surtout visite pour travailler dans le calme. Le plus souvent, il restait perdu dans ses pensées, rêveur, pendant de longues heures, une plume à la main. Puis il composait ses poèmes, écrivait ses articles pour dénoncer Boustrapa et, en fin d'après-midi, dessinait pour se reposer de son travail de la matinée. C'est à peine s'il lui parlait, la regardait, l'aimait depuis qu'ils étaient sur cette maudite île au milieu de nulle part. Elle en souffrait ; ce n'était pas un secret pour son Totor car ses lettres quotidiennes étaient remplies de reproches et de déclarations d'amour pour l'amadouer. Le gros méchant matou s'en fichait. Il lutinait ses servantes à Marine Terrace. Le lui reprocher ? À quoi bon ? Elle n'avait aucune preuve. Elle se sentait vieille ;

elle lui avait tout sacrifié ! Elle avait quitté le théâtre où elle n'avait guère brillé certes. Elle avait rompu toutes ses relations avec les autres hommes – ils étaient légion à faire sa cour ; elle n'était plus sortie dans le monde. Elle s'était volontairement emmurée dans son grand amour pour son génie inquiet et jaloux. Pas de vie en dehors de son grand homme. Même Claire, sa fille, qu'elle avait eue avec James Pradier, son unique compagne et confidente, était morte de chagrin après Léopoldine, la laissant seule. Sa pauvre Claire n'avait pas supporté d'être reniée par son père, ravalée au rang de bâtarde par le sculpteur. Il ne lui restait plus personne au monde, à l'exception de ce vilain bonhomme qui baisait sa cuisinière !

— Ce misérable Hubert a été assassiné ! dit-il enfin.

Elle ouvrit de grands yeux, des prunelles noires de mauresque, comme pour le gronder. Elle s'était laissé emporter par ses reproches imaginaires et ne l'avait pas écouté.

— Eh bien, il a été pendu. Par les pieds qui plus est ! Cloués au Dicq ! Quelle image insensée ! Les hommes sont des fauves !

— Mais c'est horrible, mon Totor. Une abomination !

Il avait le regard perdu, le visage encore plus triste que d'habitude. Il était accablé. C'était un désastre pour les Proscrits, qui se trouveraient tous accusés du meurtre d'Hubert qu'ils avaient jugé pour trahison quelques jours auparavant.

— J'ai mal, dit-il en montrant sa jambe. Tu n'aurais pas un peu de vin pour assourdir ma douleur ?

— C'est plutôt du laudanum qu'il te faut.

— Un peu de vin, je te prie… Avec…

— Oui, je sais, mon Totor, ne bouge pas.

— Attends. Ne pars pas tout de suite, ma colombe adorée.

Elle s'arrêta net. Elle trouvait toujours stupides ces petits noms dont il l'affublait. Par charité, elle ne disait rien et se contentait de sourire comme la bécasse amoureuse qu'elle était encore, hélas ! Elle non plus ne se privait pas de lui donner les surnoms les plus farfelus, les plus idiots, sachant qu'ils le feraient rire comme un gamin. Ni lui ni elle n'étaient dupes de ce petit manège entre vieux amants.

— Juliette, peux-tu me rapporter mon petit carnet noir ? Celui que j'ai laissé près de ton lit, sur la table de chevet.

Elle revint au bout de quelques instants avec une bouteille de vin débouchée et un carnet noir.

Elle lui prépara un verre de vin sucré, comme pour les enfants. Son grand homme ne buvait pas grand-chose, de la bière quand il faisait chaud, ou alors du vin mélangé avec de l'eau, du bout des lèvres, pour accompagner les convives qui venaient s'abreuver à Marine Terrace. Il détestait le tabac, ce poison des Amériques, et il lui avait raconté que, pendant le procès d'Hubert, tout le monde fumait dans la pièce où ils étaient rassemblés. Elle était emplie d'un épais brouillard qui l'empêchait de voir l'accusé, assis sous une fenêtre, l'air on ne peut plus calme pour un traître.

Il ouvrit son carnet et commença à lire son récit des événements qui avaient conduit Julien Damascène Hubert à sa triste fin sur le Dicq.

Avant Jersey, où il était arrivé au mois d'avril 1853, Hubert s'était rendu en Angleterre après le coup d'État du deux décembre. C'était un proscrit comme nous tous ici, chassé de France par Louis Napoléon Bonaparte auquel il refusa son allégeance. Il se rendit d'abord à Bruxelles où, dit-on, il rencontra le poète pendant qu'il écrivait son *Napoléon Le Petit*. Hélas, ce dernier n'avait conservé aucun souvenir du proscrit Hubert.

— Comme tu le sais bien, les Français exilés en Belgique, maltraités de toutes les manières, furent cette fois chassés par le roi des Belges pour ne pas déplaire à celui qui était devenu, entre-temps, l'Empereur Napoléon III. Avec Charles, je partis pour Jersey ; Hubert, lui, en Angleterre avec un dénommé Bourillon.

« À Londres, Hubert avait logé pendant les longs mois d'hiver dans ce que l'on appelle une Sociale, un grand dortoir ouvert à tous les vents, à la toiture crevée qui laissait passer la pluie, où venaient s'entasser les misérables de l'East End fuyant le froid et la faim. Les deux premiers mois, avec son compagnon d'infortune, Bourillon, proscrit comme lui, il avait couché à même le sol, sur une dalle de pierre devant la cheminée. La cheminée était éteinte et les deux hommes se réchauffaient côte à côte dans leurs vêtements humides. Au bout de deux mois, ils obtinrent de Ledru-Rollin et Louis Blanc – proscrits londoniens dans l'aisance, eux – de quoi acheter un sac de charbon pour se chauffer. Le reste du temps, les deux hommes se nourrissaient de pommes de terre qu'ils faisaient bouillir. Quand les pommes de terre venaient à manquer, ils ne mangeaient pas. »

— Vois-tu, Juliette, c'était le sort commun de beaucoup de proscrits, à Bruxelles comme à Londres. Et à Jersey aujourd'hui…

Comment juger cet homme qui avait connu la misère la plus noire ? Il n'avait jamais éprouvé cet abandon total, lui. Il ne s'est jamais retrouvé à dormir sur la terre, abandonné de Dieu comme Job sur son galetas. Jadis, il avait dû faire un effort extraordinaire d'imagination pour se mettre dans la tête d'un condamné à mort sur le point d'être guillotiné, pour entrer par effraction dans une conscience maudite. Il avait fourni un autre effort, tout aussi considérable, pour comprendre une brute, qui avait assassiné son garde-chiourme en prison, un homme dont le seul crime avait été de voler un pain pour nourrir sa maîtresse et son enfant. Il avait dû plonger dans l'esprit de Claude Gueux, un forçat. À présent, il lui fallait se faufiler dans la conscience du traître Hubert, et ne point le juger sans chercher à le comprendre d'abord. Comprendre et pardonner. C'était sa méthode ; elle faisait bondir les braves gens dont la passion était de juger puis de raccourcir.

Le vin avait calmé sa douleur, et une douce torpeur s'était emparée de lui. Il soupçonnait Juliette d'avoir ajouté un peu de laudanum dans son breuvage.

— Continue, mon Totor chéri, lui dit l'enchanteresse orientale d'une voix chaude comme l'opium. Je veux savoir tout, tout ce qui concerne cette affaire qui me paraît bien embrouillée. Hubert est un sacré personnage, il me semble.

Il ouvrit son carnet et se remit à lire à voix haute.

« Le 14 septembre 1852, le préfet de l'Eure lui écrit pour l'engager à faire sa soumission. Hubert refuse, il le fait savoir à toute la proscription en écrivant une lettre d'insultes adressée au préfet et à son "empereur" en date du 24 septembre. Cette lettre, ce défi, impressionne beaucoup les proscrits à Londres. Néanmoins Hubert est gracié le 4 février 1853 et il peut donc retourner en France. Hubert quitte Londres en maudissant Ledru-Rollin, Louis Blanc et Félix Pyat qui ont trahi la révolution socialiste selon lui. Plutôt que de retourner en France, le voilà donc, en avril dernier, qui accoste à Jersey où il rencontre un brave homme nommé Beauvais, proscrit lui aussi, fabricant de chandelles en France, devenu cabaretier pour survivre et nourrir sa famille à Jersey. Touché par l'aspect misérable du proscrit qui a refusé de se soumettre à l'appel du préfet de l'Eure, le brave homme l'invite chez lui.

« Beauvais lui dit :

« — Voici votre chambre.

« — Je vous ai dit que je n'avais pas de quoi payer, dit Hubert.

« — C'est égal, dit Beauvais.

« — Donnez-moi un coin et une botte de paille dans le grenier.

« — Je vous donnerai plutôt, reprit Beauvais, ma chambre et mon lit.

« Aux heures des repas, Hubert ne voulait pas se mettre à table. Plusieurs proscrits étaient en pension chez Beauvais ; ils y déjeunaient et y dînaient pour trente-cinq francs par mois.

« — Je n'ai pas trente-cinq sous, disait Hubert, donnez-moi un morceau sur le pouce. Je le mangerai sur le coin de la table de la cuisine.

« Beauvais se fâchait :

« — Pas de ça. Vous dînerez avec nous, citoyen.

« — Et vous payer ?

« — Quand vous pourrez.

« — Jamais peut-être.

« — Eh bien, jamais.

« Beauvais procura à Hubert quelques leçons de grammaire et de calcul dans la ville ; et du produit de ces leçons, il le força à s'acheter un paletot et des souliers.

« — Des souliers, j'en ai, disait Hubert.

« — Oui, vous avez des souliers, reprenait Beauvais, mais vous n'avez pas de semelles. »

— Hubert avait dans la proscription un ami intime, Hayes. Un jour, c'était au commencement de septembre, il y a deux mois, Juliette...

— Léopoldine te rendait visite grâce aux tables de Delphine de Girardin...

Chagriné à l'évocation de sa pauvre enfant, il marqua un long silence avant de reprendre sa lecture.

« Hubert prit Hayes à part et lui dit très bas et mystérieusement :

« — Je pars demain.

« — Tu pars ?

« — Oui.

« — Où vas-tu ?

« — En France.

« — Comment ! en France !

« — À Paris.

« — À Paris !

« — On m'y attend.

« — Pourquoi ?

« — Pour un coup.

« — Comment entreras-tu en France ?

« — J'ai un passeport.
« — De qui ?
« — Du consul.
« — Sous ton nom ?
« — Sous mon nom.
« — Voilà qui est drôle.
« — Tu oublies que je suis gracié de février.
« — C'est juste, dit Hayes. Et de l'argent ?
« — J'en ai.
« — Combien ?
« — Vingt francs.
« — Avec vingt francs tu vas faire le voyage de Paris ?
« — Une fois à Saint-Malo, j'irai comme je pourrai. À pied s'il le faut. S'il le faut, je ne mangerai pas. Il faut que je sois à Paris. J'y serai. J'irai droit devant moi, par le plus court.
« Au lieu de prendre le plus court, il prit le plus long.
« De Saint-Malo il alla à Rennes, de Rennes à Nantes, de Nantes à Angers, d'Angers à Paris, par le chemin de fer. Il mit six jours à ce voyage. Chemin faisant, il vit dans chaque ville les démocrates meneurs, Boué à Saint-Malo ; Rocher, le docteur Guépin et les Mangin à Nantes ; Rioteau à Angers. Il se présenta partout comme envoyé en mission par les proscrits de Jersey, et il eut facilement les secrets de chaque localité. À Angers, il emprunta cinquante francs à Rioteau, n'ayant plus, disait-il, de quoi aller jusqu'à Paris. D'Angers, il écrivit à une femme avec laquelle il vivait à Jersey, une certaine Mélanie Simon, couturière, logée Hill Street, n° 5, et qui lui avait prêté trente-deux francs pour son voyage. Il avait caché ces trente-deux francs

à Hayes. Il dit à cette femme qu'elle pouvait lui écrire rue de l'École-de-Médecine, n° 38 ; qu'il ne logerait pas là, mais qu'il y avait un ami qui lui remettrait ses lettres. »

— C'est étrange, n'est-ce pas ? dit Juliette.

— Des précautions d'insurgé. Ou de traître… Arrivé à Paris, Hubert alla voir Goudchaux. Il trouva, sans qu'on pût savoir comment, la demeure de Boisson, l'agent de la fraction Ledru-Rollin. Boisson vit caché à Paris depuis le Deux décembre. Il se donna à Boisson comme envoyé par nous, les proscrits de Jersey, et entra dans toutes les combinaisons du parti dit *parti de l'action*.

— Le gredin !

— On lui a peut-être soufflé cette pièce qu'il n'a pas écrite…

— Continue à lire, mon Totor.

« Vers la fin de septembre, Hubert revint à Jersey. Le lendemain, il prit Hayes à part et lui déclara qu'un coup allait se faire. Il s'agissait de faire sauter un pont de chemin de fer sous le passage de Badinguet ! Tout était prêt, hommes et argent, mais le peuple de Paris ne faisait confiance qu'aux proscrits. Il lui fallait dix proscrits de bonne volonté pouvant se mettre à la tête du peuple : il était venu les chercher à Jersey.

« — Veux-tu être un des dix ? demanda Hubert.

« — Parbleu ! » dit Hayes.

— Quel roman ! dit Juliette. Alexandre Dumas n'eût pas mieux fait ! Et on l'a cru, cet Hubert ?

— J'en ai bien peur. Hubert vit d'autres proscrits et leur fit les mêmes confidences avec le même mystère, disant à chacun : « Je ne dis cela qu'à vous. » Il enrégimenta entre autres, outre Hayes, Jego, qui relevait d'une fièvre typhoïde, et Gigoux, auquel il affirma que son nom, à lui, Gigoux, « remuerait les masses ».

— Je ne les connais pas, dit Juliette qui sortait peu de son modeste appartement.

Elle leva les mains au ciel en signe d'impuissance. Son seul lien avec le monde était son grand Toto qui, lorsqu'il venait, avait toujours une affaire en tête, un article à rendre, un poème sur le feu, un pamphlet à mijoter contre Badinguet…

— Ce sont de pauvres proscrits comme nous, dit-il en regardant ses yeux sombres. Je les apercevais parfois aux réunions de la Société générale avant le grand schisme qui a donné La Fraternité, à laquelle j'appartiens comme tu le sais, et La Fraternelle. Je n'y vais plus souvent, c'est du temps pris sur mon travail. Je n'aurai jamais d'une seule vie pour en venir à bout.

— Pauvre chéri, dit-elle en lui caressant le visage. Continue, je veux savoir la suite des tribulations du sieur Hubert.

— Ceux qu'il recrutait pour les emmener à Paris lui disaient :

« — Mais de l'argent ?

« — Soyez tranquilles, répondait Hubert, on en a. On vous attendra au débarcadère. Venez à Paris, le reste ira tout seul. On se chargera de vous caser.

« Outre Hayes, Gigoux et Jego, il vit Jarassé, Famot, Rondeau – d'autres encore. Tous proscrits, tous ennemis de Badinguet qui ne rêvaient que d'en découdre et, pourquoi pas, débarrasser la France de l'Usurpateur.

« — Il y a, depuis la dissolution de la Société générale, deux sociétés de proscrits à Jersey, La Fraternelle et La Fraternité comme tu le sais…

— Oui, continue…

« Hubert faisait partie de la Fraternité, dont Gigoux était trésorier. Il en touchait un secours de sept francs par semaine. Il réclama à Gigoux, qui les lui paya, les quatorze francs de ses deux semaines d'absence – son absence, dit-il, ayant eu pour motif "le service de la république". »

« — Le jour du départ d'Hubert et de ses compagnons fut fixé au vendredi 21 octobre.

« Cependant un proscrit, Gustave Ratier, avocat à Lorient, se trouvant un matin chez le marchand de tabac Hurel, vit entrer dans la boutique un homme auquel il n'avait jamais parlé, mais qu'il connaissait de vue. Cet homme l'apercevant et reconnaissant en lui un Français, lui demanda :

« — Citoyen, auriez-vous la monnaie d'un billet de cent francs ?

« — Non, dit Ratier.

« L'homme déploya alors un papier de couleur jaune et le présenta au marchand en lui demandant la monnaie. Le marchand n'avait pas la somme. Ratier reconnut dans le papier jaune un billet de banque français de cent francs. L'homme s'en alla, Ratier dit à Hurel :

« — Savez-vous le nom de cet homme ?

« — Oui, dit Hurel, c'est un proscrit français nommé Hubert.

« À peu près au même moment, Hubert, en payant sa logeuse, tirait de sa poche des poignées de schillings et de demi-couronnes. Mélanie Simon réclamait les trente-deux francs qu'elle lui avait prêtés pour son voyage en France. Il refusait de payer, et en même temps, par une sorte de contradiction bizarre, il laissait voir à Mélanie Simon un portefeuille, "plein", a dit Mélanie plus tard, "de papiers jaunes et bleus".

« — Ce sont des billets de banque, disait Hubert à Mélanie Simon. J'ai là-dedans trois mille cinq cents francs. »

— Mazette ! Pourquoi ne pas lui rendre ses trente-deux francs, à cette pauvre femme ? demanda Juliette.

— L'explication est simple, dit-il en levant le nez de son carnet rempli de signes noirs, strié de pattes de mouche alanguies, d'écoulements d'encre qui demeuraient élégants et majestueux malgré une écriture serrée.

Sa calligraphie fascinait Juliette comme un talisman : ses grands dessins aussi, qui organisaient le noir, l'apprivoisaient, lui donnaient contours et formes qui se noyaient dans l'encre liquide.

— Hubert, en rentrant en France, voulait emmener Mélanie Simon avec lui. Il refusait de la rembourser afin qu'elle le suivît. Pour qu'elle le suivît sans crainte, il lui montrait qu'il était riche.

— Encore un homme qui ne comprend rien aux femmes ! Penser acheter leur amour en faisant miroiter son sale argent !

Juliette n'oubliait pas que Victor avait acheté ses dettes sans discuter, au lendemain de leur rencontre au théâtre où elle s'apprêtait à jouer dans *Lucrèce Borgia* le rôle de la princesse Negroni. Il l'avait sauvée de la déchéance, mais il l'avait ensuite laissée libre de choisir de le suivre ou non. Elle l'avait accompagné parce que son cœur le lui dictait ; elle l'eût accompagné de la même manière sans fortune, sans rien en échange, au risque de cette déchéance promise par ses imprudences répétées dans la conduite de ses amours avec le journaliste Alphonse Karr et le médecin Scipion Pinel. L'un lui avait emprunté une fortune et ne l'avait pas rendue ; l'autre s'était endetté pour elle et elle s'était portée caution pour lui, pensant naïvement qu'il rembourserait les huit mille francs qu'il devait. C'était le type d'hommes qui avaient inspiré son ami Balzac pour écrire ses romans des jeunes hommes et des jeunes femmes perdus. Elle ne s'était pas étonnée en le lisant que *Les Illusions perdues* soient dédiées à Victor comme un dernier clin d'œil du maître à son disciple.

Pour autant, était-elle convaincue de ce raisonnement intime qu'elle se tenait pour expliquer son amour pour Victor qui l'avait sauvée d'une mort sociale certaine ? Souvent ? oui. Toujours ? peut-être pas. Il l'avait aussi emprisonnée dans leur amour où elle se morfondait. Elle lui avait tendu elle-même les clefs de sa prison ! Quand il lui avait proposé cent mille francs sur sa rente, pour la remercier de lui avoir sauvé la vie en le faisant passer à Bruxelles sous la fausse identité de l'ouvrier typographe Firmin-Lanvin, elle avait refusé. On n'achetait pas son amour ! Elle l'offrait à qui elle voulait.

« Devant l'ampleur du scandale provoqué par les accusations lancées par Mélanie Simon, sa compagne, et par les soupçons de Rattier qui l'avait vu tirer un billet de cent francs, soupçons renforcés ensuite par ceux de Jarassé qui avait lu une lettre adressée à Mélanie Simon où Hubert lui demandait de lui écrire au n° 38 de l'École-de-Médecine.

« Jarassé avait montré à Mathé la lettre remise par Mélanie Simon. Par une coïncidence extraordinaire, le fils de Mathé connaissait l'adresse d'Hubert à Paris. Il y avait même séjourné et se rappelait que parmi les locataires de l'immeuble se trouvait un agent de police nommé Philippi. Tout ceci ne fit que renforcer les soupçons.

« Pressé par tout le monde, Hubert avait accepté de défendre son honneur devant une commission composée de Mathé, Rattier, Rondeaux, Henry et Hayes, ses principaux accusateurs.

« On appela les témoins : Gigoux et Jego, enrôlés par Hubert pour se rendre à Paris, Jarassé, Famot aussi à qui Hubert avait dit qu'il faudrait un massacre de six mois pour en finir avec le règne de Bonaparte. On écouta Rattier et Hayes, on confronta Mélanie Simon à Hubert. Elle l'accusa d'être un mouchard à la solde de Bonaparte. Mais si les soupçons abondaient, il n'y avait pas de preuves.

« Mathé dit à Hubert :

« — Vous partez vendredi ?

« — Oui.

« — Vous avez une malle ?

« — Oui.

« — Qu'emportez-vous dans cette malle ?

« — Mes quelques hardes, et des exemplaires des publications socialistes et républicaines.

« — Vous voulez qu'on visite votre malle ?

« — Oui.

« Rondeaux accompagna Hubert chez Beauvais où Hubert logeait et où était sa malle. On fouilla la malle sans rien y trouver. Mais un menuisier de Queen Street demanda à Jarassé si l'on avait ouvert le double fond.

« — Quel double fond ? demanda Jarassé.

« — Le double fond de la malle.

« — La malle a un double fond ?

« — Mais oui.

« — Comment le savez-vous ?

« — C'est moi qui l'ai fait.

« Mathé dit à Hubert :

« — Votre malle a un double fond ?

« — Sans doute.

« — Pourquoi ce double fond ?

« — Parbleu ! pour cacher les écrits démocratiques.

« — Pourquoi n'avez-vous pas parlé de ce double fond à Rondeaux ?

« — Je n'y ai pas songé.

« — Consentez-vous à ce qu'on le visite ? »

Il referma son carnet et leva ses yeux sur Juliette. Il regrettait de ne pas avoir commandé son portrait photographique à son fils. Elle était si belle dans cette lumière douce, caressante, du soleil couchant qui filtrait, oblique, entre des nuages éparpillés sur la mer. Mais elle eût refusé à toute force ce procédé qu'elle eût qualifié de vol d'âme. C'était une superstition qu'il ne saisissait pas très bien. Quand il lui montrait les daguerréotypes de Charles et Auguste, elle s'exclamait qu'elle trouvait l'art de la photographie très laid, mortifère même. En un sens, elle n'avait pas tort : les images obtenues reflétaient le passé de l'être, une suspension arbitraire de la vie, sensation accrue par la teinte sépia que les tirages prenaient au fil des mois. Elle souhaitait rester dans l'ombre au contraire de lui qui, devant l'objectif de Charles ou d'Auguste, se juchait hardiment sur le Rocher des Proscrits pour prendre la pose devant l'éternité.

Juliette attendait la suite de l'affaire Hubert. Lui se sentait étourdi par toute cette intrigue, par son sordide, par les déchirures qu'elle avait provoquées au sein de la petite société des proscrits, une société bien fragmentée par des luttes internes. À présent, tout le monde se méfiait de tout le monde. La petite famille de l'exil avait implosé en fractions irréductibles, en suspicions inflexibles. On se gardait de dire ce que l'on pensait à son meilleur ami : on ne se fiait à personne en dehors du cercle familial. Un mouchard pouvait se révéler comme une image inversée sur la plaque d'un daguerréotype. À présent Caïn avait tué Abel, et une faille profonde était apparue dans la colonie des proscrits de Jersey. Et tout cela à cause de ce maudit Hubert qui avait trahi tout le monde comme on finit par l'apprendre quand ce dernier consentit enfin à ce que l'on fouillât sa malle.

— Elle était remplie de papiers : écrits républicains de toutes sortes, mes discours publiés dans *L'Homme*, le journal de Charles Ribeyrolles.

— Il te lisait, le vilain canard.

— Il ne m'aimait pas. Il ne se faisait pas prier de le dire à tout le monde. Il me rangeait parmi les traîtres à la cause ouvrière, avec les Ledru-Rollin et les Louis Blanc. Il ne disait rien de Pierre Leroux, en revanche. Pierre Leroux… Que fait-il à Jersey ? On se le demande bien.

— Il n'aimait pas Louis Blanc et Ledru-Rollin, que tu ne portes pas dans ton cœur non plus, mon chéri.

— Ils ont nié Dieu !

— Méfie-toi des grands mots, Toto ! Trop de tables charlatanesques brouillent ton bel esprit ! Tu vois Dieu partout !

Il éclata de rire, laissant tomber son carnet sur le tapis. Ce qui l'attachait à Juliette, en plus de son amour, c'était son humour débridé, espiègle. Et elle en avait à foison, et raillait tout le monde, réservant ses meilleures piques pour lui. Il n'en prenait jamais ombrage : il se contentait de rire à gorge déployée. Léonie en manquait sans doute. Comment lui en faire le reproche ? Elle avait joué sa vie et sa réputation par amour pour lui. Il lui écrirait cette semaine pour tenter de se faire pardonner, se promit-il en ramassant son carnet.

— Qu'importe, il te lisait, le bougreton. Ils te lisent tous. Surtout ceux qui te craignent. Tu es leur loup blanc.

L'image de la bête gracile et dangereuse frappa immédiatement son imagination. Il se vit parcourant de grandes étendues virginales que le soleil glaçait tel un miroir d'argent ; où la soif et la faim le taraudaient continûment à mesure qu'il avançait. Il glissait sur des toundras gelées à la recherche d'une proie dont le sang clair eût étanché sa soif après quelque terrible et palpitante agonie. En fermant les yeux, il n'eut aucun mal à ressentir les battements affolés de ce cœur de biche qui, peu à peu, se fût apaisé puis vidé de sa dernière goutte de sang entre ses mâchoires d'acier. Il la dévorait vivante, s'appropriant cette vie sauvage et intense qui avait été sienne quelques instants auparavant. Repu enfin, il s'égarait sur ces grandes plaines désertiques où son ombre seule se profilait sur ces mers de sable rouge parcourues par des méharas avançant sur la crête effilée des dunes de son Sahara imaginaire. Métamorphosé en ours blanc solitaire à la puissante encolure, il glissait à présent sur des banquises immenses, battues par des vents polaires, cheminant sur des distances infinies, s'arrêtant seulement pour monter une femelle indocile ou s'endormir dans la neige épaisse des blizzards.

Cette créature laborieuse, opiniâtre, extraordinairement résistante, loup gris des steppes, ours blanc du pôle Nord ou panthère des neiges – son esprit ne parvenait à fixer sa chimère –, finissait par s'échouer, lamentable, sur une île ridicule, animal emprisonné à vie dans les rets d'un braconnier du nom de Bonaparte. Étaient emprisonnés avec elle – la bête fauve c'était lui – les autres proscrits qui avaient échappé à la déportation vers Alger ou Cayenne.

La nuit, il suffoquait dans cette prison où il se trouvait depuis le mois d'août 1852, voilà plus d'un an, prison certes moins redoutable que celle des tropiques. Toutes les nuits, sans exception, il ressentait l'étroitesse de ce nouvel habit que l'exil lui avait taillé et que l'océan seul déboutonnait quand il le regardait assez longtemps. Et s'il se juchait tout en haut du Rocher des Proscrits – c'était le nom donné par ses fils au Dicq Rock qui pouvait prêter à rire –, ce n'était pas seulement pour prendre la pause devant l'objectif que réglaient Auguste Vacquerie ou Charles, mais parce qu'il ressentait la nécessité de ce face-à-face avec l'immensité dont le mouvement perpétuel se communiquait à son âme et la libérait de cette prison.

Il s'entretenait alors avec l'océan du devenir du monde, de l'univers même. Il devenait cet océan, ce monde, cet univers.

Dans le double fond de la malle d'Hubert, on découvrit deux lettres. La première, datée du 24 septembre 1852, était adressée au préfet de l'Eure.

— Une lettre repoussant l'offre d'amnistie en termes très vifs. Il insultait le préfet et Boustrapa.

— La lettre dont s'est vanté Hubert à Londres ? demanda Juliette.

— La lettre pour la montre, oui. Celle qu'il a fait placarder partout pour se glorifier de son engagement pour la révolution, de son incorruptibilité. La deuxième lettre, datée du 30 septembre, était adressée au même préfet de l'Eure, et contenait des réclamations d'argent et des offres claires de service adressées au gouvernement bonapartiste qu'il avait insulté quelques jours auparavant.

— C'est la lettre qu'il a envoyée !

— On peut le supposer.

Il reprit sa lecture. Il était toujours très sage et très calme quand il travaillait ou lisait. L'inspiration ne tombait pas du ciel, enfin pas toujours ! Il annotait de nombreux ouvrages, dont on retrouvait ensuite des passages entiers dans ses livres. Juliette quand elle le voyait tout à son labeur, penché sur ses papiers, perdu dans ses ouvrages, s'ennuyait beaucoup. Il la délaissait alors qu'elle le voyait si peu – ce qui était faux –, mais elle eût aimé l'avoir tout à elle comme elle était tout à lui. Avait-il conscience de son existence pendant qu'il travaillait ? Rien de moins sûr, soupirait-elle en le couvant comme une mère son enfant au front pensif, penché sur son devoir d'écolier, la plume survolant le papier comme une colombe effrayée. Ce rôle de mère l'exaspérait par moments ; elle se gardait bien de le lui dire. Elle se débrouillait pour lui en faire la remarque dans ses lettres, à distance respectueuse.

Imperturbable, Hubert continuait de fumer sa pipe pendant que l'on fouillait sa malle. En dépit des preuves à charge qui commençaient à s'accumuler, personne parmi ses amis ne voulait croire Hubert coupable. Même Ratier, l'avocat, qui le connaissait à peine, lui donnait le bénéfice du doute.

— Ici se trouve la vérité sur la mort d'Hubert Julien Damascène, traître et martyr, fit-il en tapotant son carnet noir. Le criminel est parmi toutes ces personnes qui l'ont démasqué, puis jugé en séance nocturne. À savoir : Beauvais, Ratier, Hayes, Mathé, Henry, Mélanie, et presque toute la proscription…

On mit de côté les deux lettres et on poursuivit l'examen des papiers du suspect qui se trouvaient dans le double-fond de sa malle. Une lettre d'Hubert, commençant par ces mots : « Ma chère mère », tomba dans les mains de Ratier. Il lut les premières lignes. C'était une lettre de famille. Il allait la rejeter lorsqu'il s'aperçut que la feuille était double. Il décolla cette feuille, et eut un éclair dans les yeux. Son regard venait de tomber, en tête du second billet, sur ces mots écrits par Hubert :

À Monsieur de Maupas, Ministre de la Police.

Monsieur le Ministre,

J'ai reçu sous la date du 14 septembre dernier, dans le but de me faire rentrer en France, une lettre de M. le préfet de l'Eure.

J'ai écrit, les 24 et 30 du même mois, deux lettres à M. le Préfet ; elles sont toutes deux restées sans réponse.

Depuis, j'ai vu mon nom figurer au Moniteur *dans la liste faisant l'objet du décret du 5 février présent mois, mais je n'étais pas prêt à partir à cette époque, voulant finir, à Londres, une petite brochure, intitulée :* les Proscrits républicains, et la République impossible par ces mêmes prétendus républicains. *Cette brochure, pleine de vérités et de faits que personne ne peut nier, produira, je crois, un certain effet en France, où je désire la faire imprimer. J'ai fait viser hier mon passeport pour la France ; rien d'intéressant ne me retient donc plus en Angleterre, si ce n'est qu'avant de partir je désirerais savoir si l'on me donnera ce qui m'est dû, et que je réclame par ma lettre précitée du 30.*

M. le Préfet de l'Eure, qui était prié de communiquer cette lettre à qui de droit, a dû la faire parvenir au gouvernement ; j'en attends toujours la solution ; mais, voyant que, depuis tant de temps, je n'ai encore rien reçu, je me suis décidé à vous adresser cette lettre dans l'espoir d'obtenir un résultat immédiat.

*Voici mon adresse à Londres : (*Angleterre, n° 17, Church Street, Soho Square*) ;*

En mon nom : HUBERT, Julien Damascène, géomètre-arpenteur, à Heuqueville, près les Andelys (Eure).

Signé : HUBERT

Le 25 février 1853.

— La proscription fut bouleversée à la lecture de cette lettre ! C'était d'autant plus extraordinaire que tous tenaient Hubert pour un opposant farouche à Louis Napoléon Bonaparte, un irréductible dont les actes, les paroles, et surtout l'allure misérable plaidaient en faveur de son engagement. Hubert se prétendait plus révolutionnaire que Ledru-Rollin et Louis Blanc réunis ! À l'entendre, nous étions des proscrits de hasard, des bourgeois ou des monarchistes déguisés en sans-culottes.

— Ce qui est un peu vrai, mon Toto. C'est Boustrapa qui vous a poussés dans l'autre camp. Tu n'es pas un révolutionnaire comme ce Beauvais ou ce Hayes qui te regardent de haut. Ce sont les circonstances qui vous ont réunis sur cette île. Par la force des choses. Même le général Le Flô, ton nouvel ami qui tourne les tables avec toi, n'était pas de ton bord politique quand vous étiez en France avant le coup d'État. Vous voilà maintenant larrons en foire ! Cette île maudite est une aberration de l'Histoire. J'espère que tu le comprends, mon Toto. Notre place n'est pas parmi ces fous barbus et chevelus.

Juliette, orpheline, bousculée par la vie, devait ressentir ce qu'il avait de la peine à formuler quand il se trouvait face à l'océan ou quand il faisait parler les tables avec Charles. Ce dialogue entretenu avec la nature, avec les morts, le captivait même si Juliette s'en plaignait beaucoup. Cette recherche d'un ailleurs, c'est l'exil qui le lui dictait puisqu'il l'avait placé, lui aussi, en cet oubli de Jersey, son île des lotophages.

— Il n'empêche, dit-il en regardant Juliette, avec les journaux qui débarquent à Jersey, des nouvelles arrivent tous les jours de France qui confirment l'ampleur de la trahison d'Hubert. Trois cents arrestations ont eu lieu à Paris et en province. Toutes les personnes visitées par Hubert sont en prison ou poursuivies. Rocher à Saint-Malo, arrêté ! Guépin et les Mangin à Nantes, arrêtés ! Rioteau à Anger, conduit par les gendarmes en prison ! Goudchaux et Boisson à Paris, arrêtés à leur tour ! Et, bien sûr, tous leurs réseaux démantelés grâce aux informations fournies par ce traître. On ne peut pas s'en laver les mains.

— Une belle récolte pour Bonaparte ! Hubert le moissonneur de Sa Majesté l'empereur des petits Français.

— Notre ami Gaffney, qui pourtant a soutenu Hubert jusqu'au bout – il ne croyait pas à sa trahison –, se souvenait qu'en 1852 il avait expédié de Londres pour Le Havre un ballot contenant quatre-vingts exemplaires de *Napoléon le Petit*. Il se trouvait avec un proscrit nommé Bachelet lorsqu'il avait fermé le colis. Les deux hommes avaient calculé que le ballot de livres arriverait chez la mère de Gaffney, au Havre, le surlendemain. Mais ils s'étaient trompés. Gaffney avait rectifié son erreur et averti sa mère que la contrebande arriverait le lendemain.

Le colis avait été récupéré par un ami de Gaffney. Les gendarmes s'étaient présentés au domicile de sa mère. Ils avaient fouillé en vain sa maison à la recherche de livres envoyés de Londres !

— Personne n'a été arrêté ?

— Non. C'est heureux pour Gaffney et sa mère. Elle serait dans le bagne de Lambèse en Algérie à cette heure ! Ou qui sait, à Cayenne ! Juliette, on ne peut pas se désolidariser de ces pauvres gens !

Après la lecture de la lettre au ministre Maupas, Beauvais se jeta sur Hubert. Il allait le frapper avec son couteau quand l'officier du connétable, M. Philippe Asplet, qui à la charge de police à Jersey, arrêta son geste, qui eût été fatal sans cela. De rage, Hayes, son ami, lui arracha les cheveux à pleines mains ; Gigoux le souffleta à deux reprises ; Heurtebise l'étrangla avec sa cravate.

— Sans ce brave Asplet que je connais bien, Hubert serait mort avant d'avoir été jugé.

— Il est mort après jugement. Ça change tout, dit Juliette, ironique.

— Hélas !

— Qui l'a tué ?

— Je ne sais pas, mon oiseau. Ils ont dû s'y prendre à plusieurs pour le hisser sur le Dicq et le crucifier à l'envers. Il faut de la force pour maintenir un homme sur une croix improvisée avant de l'y clouer à coups de maillet.

— Et pendant le procès ? Il devait y avoir quelques proscrits qui souhaitaient sa mort.

— Tous la voulaient.

— Sauf toi...

Elle se pencha sur son visage et l'embrassa longuement. Et ils se trouvèrent transportés dans la petite chambre de la rue de l'Échiquier où ils s'étaient dévoilés l'un à l'autre pour la première fois, vingt ans auparavant. Il la regardait penchée sur lui dans la lumière chatoyante et voyait la jeune femme d'alors qui lui avait redonné vie alors qu'il sombrait dans la mélancolie. Il la caressait et sentait sous sa main la peau brûlante et translucide de la belle et fragile demoiselle qui l'avait guidé vers cet amour des sens qui lui était inconnu, ne se doutant même pas de son existence. Depuis ces nuits fébriles de février 1833, où ils s'étaient retrouvés, enfermés dans sa chambre à s'aimer sous un plafond bas et triste qui était pour lui un ciel rempli d'étoiles, il n'avait plus jamais été le même, transformé par la vie nouvelle que lui offrait Juliette en se donnant à lui et que lui ôterait, dix ans plus tard, la mort de Léopoldine.

C'était étrange – il le savait en la pénétrant, il le savait depuis son exil sur cette île maudite : *Juliette avait toujours raison* –, sa vie avait effectué des cycles de dix ans, la proie de ces immenses marées solaires qui éclaboussent le cosmos, alternant la pure lumière des sens avec les ténèbres de l'âme qui éteignent toute espérance. Il se laissa donc emporter par cette vague chaleureuse qui se déversait au-dessus de lui, ne cherchant pas à lutter contre cette femme accueillante comme l'océan qui le noyait dans sa transe vitale. Cette orpheline extraordinaire avait adopté l'orphelin extraordinaire que sa mère avait abandonné sur l'île d'Elbe. Elle l'avait consolé, et ne l'avait plus jamais quitté, malgré tous les affronts qu'il lui avait fait subir au cours des ans. Pendant ces bourrasques successives qui avaient soufflé sur sa vie, elle avait été le vaillant capitaine qui l'avait guidé dans la nuit des tempêtes.

Il l'embrassa à son tour, cherchant comme un nouveau-né le sein de sa mère, puisant dans le souffle profond de sa maîtresse parvenue à l'acmé du plaisir un regain de forces vitales. Il en aurait besoin, pensa-t-il obscurément alors qu'il s'abîmait en elle.

LE PROCÈS

Alors qu'il s'apprêtait à se coucher, on frappa à la porte de sa chambre.

Son bonnet de nuit ridicule enfoncé jusqu'aux oreilles, il ouvrit. Charles entra d'un pas décidé dans cette pièce nue où son père dormait et travaillait quand il ne se trouvait pas chez Juliette. La chambre comptait un lit en bois, une table sur laquelle se dressaient une lampe d'Argand que son père veillait à nettoyer régulièrement pour ne pas suffoquer, une écritoire, plusieurs encriers posés sur ses différents manuscrits, des plumes taillées, des pinceaux pour ses dessins, des chiffons maculés d'encre de Chine, des buvards déchirés et de grandes feuilles de papier bleu jetés en vrac sur un bord de la table, navire prêt à sombrer dans l'océan noir des mots.

Il écrivait beaucoup, sans cesse, et cela se voyait à l'allure de sa table. À Paris, dans son appartement de la rue Royale, il avait eu trois bureaux pour composer ses diverses œuvres. Il interdisait aux domestiques de toucher à ses manuscrits. Il eût aimé aussi, à Jersey, que ses enfants ne vinssent pas fouiller ses papiers. Charles et François-Victor ne se privaient pas de lire ses brouillons pour les commenter ensuite à table. Ils suivaient l'exemple de leur mère.

Il y avait en outre dans cette chambre sans attrait particulier deux chaises en paille, l'une pour lui, l'autre pour ce visiteur qui ne venait jamais. Il recevait ses invités dans la serre ou le *parlour* au rez-de-chaussée de la maison. Les mardis et samedis, il tenait table ouverte pour les proscrits. Sa chambre n'en était pas moins belle grâce aux deux fenêtres qui donnaient sur l'océan. Les nuits de pleine lune, quand le ciel s'éclaircissait, il pouvait apercevoir le phare de Saint-Malo au loin ; il en comptait les pulsations comme il lui arrivait de compter les intervalles entre le tonnerre et la foudre. Grâce à ses lectures assidues en science astronomique, il savait que la lumière parcourait l'espace à une vitesse constante. Elle mettait huit minutes pour combler la distance séparant la terre du soleil. Moins de la lune à la terre. Infiniment plus depuis Bételgeuse dans la lointaine constellation d'Orion. Du phare de Saint-Malo, le temps d'un clin d'œil à peine. Les jours de beau temps, il prétendait voir la côte française, ce qui semblait fantastique à Juliette : son Toto la faisait bien rire avec ses élucubrations de poète astronomique.

Habillé de noir, cheveux corbeau, barbe fournie, Charles le toisait en silence.

— Parle, mon garçon !

— Un dénommé Beauvais est en bas. Hubert va être jugé ce soir.

— Je crains le pire. Dépêchons-nous. Il ne faudrait pas laisser le crime se jucher sur l'épaule de la Justice.

Beauvais, le regard sombre, la mine grave, allongée par une grande barbe noire en pointe, les attendait devant Marine Terrace. Ses grosses mains tremblaient dans les poches de son paletot rapiécé. Il avait des cheveux courts, noirs, des petits yeux enfoncés dans le visage.

— Vous ne pensez pas qu'il est un peu tard pour juger un homme ? dit-il en s'adressant au cabaretier.

— Monsieur Hugo, si vous ne me suivez pas, je ne réponds pas de la vie d'Hubert.

— C'est votre ami pourtant.

— Sans le connétable Asplet, je lui ouvrais le ventre. Avec ça.

Il sortit un grand couteau de sous sa ceinture. Pourtant son regard n'était pas celui d'un tueur. Un brave homme bousculé par les événements.

— Rangez cela, je vous prie ! Nous sommes des gens civilisés.

— Il m'a trahi, ce salaud !

Le cabaretier cracha par terre et passa son soulier sur le glaviot comme pour effacer la trace du traître.

— Allons-y ! lança-t-il à l'adresse du proscrit qui, obéissant, rangea son couteau dans sa ceinture.

Ses deux fils l'accompagneraient pour plus de précautions. Ses relations avec certains proscrits n'étaient pas cordiales. Il s'était peu à peu éloigné de ces fractions querelleuses qui passaient leur temps sur l'île à s'épier, plongées dans une perpétuelle atmosphère de conspirateurs. Ils devaient être heureux de tenir un coupable tout désigné pour solidifier leur foi inquiète. Hubert porterait le chapeau de toutes leurs suspicions passées. Une poignée d'irréductibles, à peine une vingtaine d'hommes, lui reprochaient bien, à lui, Victor Hugo, son passé royaliste, son amitié avec Louis-Philippe, ses accointances avec Louis Napoléon Bonaparte avant le coup d'État du deux décembre. Ils évoquaient même, à voix basse, les barricades de juin 48, sa fortune, ses deux femmes, ses maîtresses innombrables. Il était pour ces gens un traître à la cause ouvrière. Même procès à l'encontre de Louis Blanc et de Ledru-Rollin, sur lesquels ils se répandaient à voix haute puisqu'ils étaient en exil à Londres.

— Ces ragoteurs sont des hommes violents, au passé trouble. Des communistes, disciples de Proudhon ou de Cabet, exilés à Jersey, toujours prêts à en découdre.

— Ils ne t'aiment pas beaucoup, mon Totor. Tu dois t'en méfier comme de la peste. Ils pourraient te faire un mauvais sort.

— Ils sont mêlés au reste des proscrits. Je ne peux pas me méfier de tout le monde.

Dans les coulisses, ils instruisaient un procès en sorcellerie maquillé en tribunal de la vérité. Lui voyait la main de Pierre Leroux s'agitant dans l'ombre ; Pierre Leroux, son ami, ne manquait jamais de le dénigrer ou de rappeler sa fortune en public. Pour ces hommes, un poète riche étant forcément suspect. Pierre Leroux lui disputait la vedette à Jersey, se prétendant au-dessus de la mêlée. D'ailleurs, il n'était pas présent au procès d'Hubert, il avait envoyé son fils à sa place. Il n'aimait pas les écrits étranges du philosophe socialiste, incompréhensibles, révolutionnaires pour la forme, peu démocratiques dans le fond. Pierre Leroux était pour et contre la peine de mort comme tant de proscrits qui voulaient l'abolir mais décapiter d'abord tous leurs opposants. Faire place nette pour la société idéale.

Pourtant les deux hommes déambulaient souvent ensemble sur la grève d'Azette, disputant philosophie ou politique tout en allant sous le vent. En apparence, ils s'accordaient sur bien des sujets... Juliette le détestait, lui et sa clique de barbus chevelus comme elle les surnommait. Elle n'avait jamais de mots assez durs pour qualifier ce poseur sans charme. Elle lui faisait grief d'avoir concocté une loi interdisant aux maris adultères de siéger à l'Assemblée. Elle était persuadée que cette ordonnance avait visé directement Victor depuis son affaire avec Léonie Biard, même s'il avait été blanchi. Depuis, c'était une double peine pour elle, ce rappel de la trahison publique et la violence de l'attaque contre l'homme qu'elle aimait malgré ses égarements. Pierre Leroux eut beau jeu de dire que le projet de loi avait été déposé à l'Assemblée pour démontrer l'absurdité du système parlementaire, elle ne le croyait pas, la loi était passée et portait désormais son nom. Elle pouvait être activée à n'importe quel moment. Mais comme le lui rappelait son Victor pour la calmer, il n'y avait plus de Parlement en France !

Hubert était assis contre un mur, sous l'une des trois fenêtres de cette pièce située au dernier étage de l'auberge tenue par Beauvais. La table devant lui l'isolait de la foule qui se pressait pour assister au procès. Coiffé d'un chapeau qui lui donnait un air de conspirateur, il fumait sa pipe en écume de mer. Ses cheveux blancs tranchaient avec une moustache noire, charbonneuse. Son paletot était boutonné jusqu'au cou. Il suait à grosses gouttes. Il s'épongeait le visage avec un gros mouchoir blanc un peu taché de sang. Il semblait calme, prêt à défendre son honneur. À côté de lui, sur une autre table, étaient assis Joseph Cahaigne, Félix Jarassé de La Fraternité et Charles Heurtebise de La Fraternelle. Ces trois hommes avaient la mine sombre, le visage fermé. En face d'eux, à une troisième table, se tenaient les membres de la commission qui devait juger Hubert. Table sur laquelle Gustave Ratier, le rapporteur, avait posé le dossier de l'instruction.

La plupart des proscrits étaient assoupis ou paraissaient l'être. On les avait tirés de leur lit en pleine nuit. Ils étaient pourtant tous venus, ou presque. Ceux que l'on appelait les « exaltés » étaient là, Leur chef de file était Seigneuret, absent pourtant, un homme que connaissait très bien Auguste Vacquerie, son condisciple au lycée Charlemagne. Hippolyte Seigneuret était l'auteur du manifeste du Comité révolutionnaire. Un brûlot écrit par un médecin – Seigneuret était en effet médecin – qui voulait soigner toute la société par la guillotine. Ses amis Auguste Le Maout, Benjamin Colin, Picquet et Édouard Bonnet-Duverdier étaient présents.

Ces hommes redoutables, selon cet imbécile de vice-consul Émile Laurent, avaient été tirés au sort pour décider qui frapperait Napoléon III dans son palais des Tuileries en août 1853. L'attentat échoua, mais Seigneuret était toujours là, et ses amis aussi. Les « exaltés » s'étaient dégonflés. Seul un Polonais, Charles-Michel Funck, se risqua à passer la frontière avec un faux passeport jersiais. Il fut arrêté dès son arrivée en France, précisa-t-il. Juliette l'écoutait comme Shahriar sa Shéhérazade, captivée et amusée par les talents de conteur de son amant. Ce roi en exil se demandait pourquoi Dieu l'avait poussé dans cette sordide auberge, au milieu d'une assemblée d'assassins – il faisait référence à la secte des fumeurs d'opium du vieux de la Montagne. Roi heureux, il avait emporté avec lui toute sa tribu, ce qui n'avait pas été permis à Ovide, poète auquel il s'identifiait peu, ne partageant ni son pessimisme ni sa nature servile et courtisane. Au grand jamais, il n'eût écrit au Petit Napoléon pour lui demander son pardon !

La pièce était plongée dans un épais brouillard composé d'un mélange de fumée de bois de cheminée – il y en avait une derrière l'accusé –, de la combustion des pipes et des cigares dont la puanteur l'incommodait. Les habits humides des proscrits dégageaient une vapeur pestilentielle que son nez sensible affrontait avec vaillance. Notre roi en exil était un homme délicat qui se lavait tous les jours à l'eau froide et changeait ses vêtements. Il redoutait ces odeurs de macération des chairs, de saleté qui était souvent repoussante chez ses contemporains qui n'avaient jamais lu les travaux de Guyton de Morveau ou de Labarraque sur l'hygiène. Même les dandys, qui faisaient preuve d'originalité en matière vestimentaire, étaient des hommes des cavernes. Les hommes des cavernes étaient assurément plus propres que ses amis s'apprêtant à juger Hubert. Par bonheur, les trois fenêtres à guillotine – stupidité anglaise – étaient ouvertes à moitié, laissant passer un peu d'air qu'il accueillait avec une immense reconnaissance.

Joseph Cahaigne se chargea le premier de l'interrogatoire. C'était un homme mûr à la mine imposante : visage rond et beau, cheveux blanchis par les travaux et les jours, barbe fournie et noire. Son embonpoint lui conférait un air bonhomme qui masquait mal une détermination farouche. Joseph Cahaigne était un ami d'exil qu'il recevait souvent à Marine Terrace, l'un de ces révolutionnaires du premier jour, de la première heure, rudoyé par les mouvements de l'Histoire, toujours aux mauvais endroits. À Montmartre où il s'était réfugié après avoir déserté son régiment d'artillerie pendant les journées de Juin 48. Sur la barricade de la barrière Rochechouart où, malgré son âge avancé, il avait fait le coup de feu. Après le coup d'État, il faillit être déporté au bagne de Cayenne. Il dut son salut à une maladie qui le cloua sur un lit de l'hôpital militaire de Brest. Sa condamnation au bagne commuée en exil – c'était un proche de ce sabreur de Cavaignac –, il se rendit à Londres, puis à Jersey où il devint le rédacteur en chef de *L'Homme*, le journal de Charles Ribeyrolles, un autre extrémiste qui eût horrifié Sophie Trébuchet, sa mère.

Plus jeune que Joseph Cahaigne, Charles Ribeyrolles, qu'il recevait aussi à Marine Terrace, avait des cheveux noirs et une barbe tout aussi noire qui entourait son visage. Il ressemblait à son fils Charles, en plus austère, tout entier dévoué à sa passion révolutionnaire. Excellent journaliste, il collaborait à *L'Homme* quand il le lui demandait. Malgré tout, il était encore tiraillé entre sa fidélité à la cause républicaine, son dévouement à la cause du peuple, et son ancien légitimisme royaliste. Des hommes comme Cahaigne et Ribeyrolles, eux, ne tergiversaient pas : ils étaient dans l'action révolutionnaire, sans retour possible.

On interrogea Hubert ; Hubert ne dit rien.

Il se comportait comme si un autre homme que lui eût été jugé, un homme se disant géomètre et révolutionnaire et n'ayant rien à voir avec le prétendu mouchard que voulait accuser ce tribunal composé de l'avocat Gustave Ratier, de Félix Mathé et Félix Jarassé, en plus de Cahaigne qui le présidait.

Le dénommé Félix Jarassé, maire de Champigny-le-Sec, avait gagné Jersey, disait-il, pour rejoindre Victor Hugo. Noirs cheveux longs, barbe en pointe tout aussi sombre, le visage mélancolique, il avait été torturé pendant son arrestation par le préfet Jeanin qu'il avait moqué dans son pamphlet *Les Vignerons rouges*. Ses grands yeux tristes « en avaient beaucoup vu », avait-il dit à Juliette. Sa fille de trois ans avait été menacée de mort par un gendarme si elle ne disait pas où se trouvait son père. Le gendarme avait tiré son sabre et l'avait levé sur l'enfant. Jarassé s'était rendu pour épargner sa famille. C'était un homme énergique qui ne ménageait pas sa peine pour aider les autres proscrits. Hubert voulait le faire revenir en France pour le livrer aux autorités ! Il avait échappé à une mort certaine.

Félix Mathé, député de l'Allier, révolutionnaire d'extrême gauche, proche d'Auguste Blanqui, chassé lui aussi après le coup d'État, avait échappé au bagne de Cayenne que lui promettait la commission militaire. Il avait un visage allongé et sévère qu'entouraient de longs favoris. Il parlait lentement comme pour convaincre ses interlocuteurs. Il le connaissait, le recevait souvent à Marine Terrace. Les deux hommes s'estimaient et appartenaient à La Fraternité.

Gustave Ratier, bâtonnier à Lorient, franc-maçon comme Mathé, était l'autre procureur de ce tribunal de fortune. Avocat sans clients depuis son exil à Jersey, il survivait grâce aux dons des proscrits manuels. Il avait vu Hubert changer de l'argent au tabac de Hurel, ce qui avait éveillé ses soupçons. C'était un homme au visage avenant que tolérait Juliette car il n'était ni chevelu ni barbu. Il portait une fine moustache qui le rendait sympathique à ses yeux. Membre de La Fraternité lui aussi, il se trouvait de fait aux commandes de ce procès.

Gustave Ratier lisait le rapport de la commission dans un silence ponctué de cris indignés quand les preuves à charge tombèrent. Eugène Beauvais, l'aubergiste qui avait accueilli Hubert à Jersey, tenait une chandelle qui éclairait les pièces que lisait l'avocat, jetant d'étranges feux sur leurs visages.

Après ces lectures préliminaires, Gustave Ratier déclara qu'il en arrivait à la pièce décisive, à savoir la lettre au ministre Maupas. Le silence revint, un silence fébrile, inquiet, absolu. Charles lui dit tout bas :

— On entendrait voler un mouchard.

Ratier lut la lettre à Maupas. Arrivé à la fin, et sur la demande d'un proscrit, il lut la signature. Il se produisit alors une formidable explosion de colère. Des faces hideuses, déformées par la haine, se tournèrent vers Hubert ; des poings se levaient en l'air, accusateurs, menaçants ; des cris, des hurlements réclamaient sa tête.

Le père Fomberteaux déclara :

— Voilà les scélérats qui nous vendent depuis vingt ans !

Il savait de quoi il parlait, le vieux Fombertaux qui militait depuis sa jeunesse. Concierge dans les années 30, il avait tenu une imprimerie clandestine dans sa loge où il composait *Le Moniteur républicain* et *L'Homme libre.* Dénoncé avec son fils Eugène, il perdit sa place et devint cordonnier. Après de nombreuses arrestations, suivies le plus souvent de non-lieux, il participa aux journées de Juin 48 où il rejoignit la Société républicaine centrale ; puis il se mêla au mouvement du Conservatoire des arts et métiers. Après le Deux décembre, il érigea la barricade de la rue Pagevin, place des Victoires. Saisi par les miliciens du Parti de l'ordre, il fut conduit au poste de police d'où il fut délivré de justesse par des insurgés en armes. Plus tard, des coups de feu furent tirés sur l'armée depuis l'appartement où il avait donné refuge à des émeutiers. Le père Antoine Fombertaux et son fils cadet Léon furent arrêtés une fois de plus et firent l'objet d'une condamnation « Algérie plus », soit la déportation et le bagne de Lambèse. Il parvint à s'échapper de justesse avec son fils et se réfugia à Jersey. Il était parmi la proscription jersiaise une autorité morale en raison de son âge et de l'ampleur de son action politique.

— Je l'admirais. Comme j'admirais Ribeyrolles, Mathé et Ratier – et même ce fou de Seigneuret ! – qui avaient tout perdu pour leurs convictions.

La petite salle de l'auberge était en ébullition :

— Oui, reprit un autre, et c'est grâce à ces êtres-là que les jeunes sont dans les cachots et que les vieux sont dans l'exil.

Un proscrit monta sur une table et désigna Hubert en hurlant :

— Citoyens, à mort !

— À mort !

— À mort !

Toute la proscription répétait ce mot d'ordre. L'atmosphère, rendue irrespirable par la fumée des brûle-becs, était devenue suffocante. L'exaltation haineuse à son comble, le pauvre Hubert avait perdu de sa superbe. Il n'était pas certain qu'il ressortît vivant de l'auberge.

Un exalté cria :

— Jetons-le à la Seine !

— Tu te crois encore à Paris, lui répondit un plaisantin.

Un rire général refroidit quelque peu cette fournaise.

Un autre reprit :

— À la mer, le mouchard, avec une pierre au cou !

Joseph Cahaigne réclama le silence. En vain. C'était un brouhaha indescriptible. Chacun voulait un morceau d'Hubert, la livre de chair de ce Shylock.

— Citoyens, cria Joseph Cahaigne, vous êtes juges !

Le mot de « juges » les calma. Ils n'étaient pas encore bourreaux.

Cahaigne demanda ensuite à Hubert s'il reconnaissait la lettre lue par Ratier.

— Oui.

— Une explication ?

Il garda le silence.

— Donc vous êtes un mouchard ?

Hubert leva enfin la tête, dévisagea son juge et, mis en mouvement par on ne sait quel ressort, leva la main et frappa un grand coup sur la table :

— Non !

Il se lança alors dans sa défense, expliqua qu'il n'avait jamais fait de mal à personne, qu'il était républicain, qu'il préférait souffrir mille morts que de faire tomber un seul cheveu d'un républicain ! Les arrestations à Paris n'étaient pas de son fait. La première lettre au préfet, celle où il refusait de collaborer, était la seule qui importait, et l'on n'avait pas prêté assez d'attention à cette missive qui le disculpait. Celle qu'on venait de lire, un brouillon, était un projet qu'il n'avait jamais eu l'intention de mettre en œuvre. Il ne l'avait jamais envoyée sinon on ne l'aurait pas retrouvée dans ses papiers. Quant au pamphlet *La République impossible à cause des républicains*, il n'avait jamais eu l'intention de le publier. C'était un écrit de circonstance, dicté par la colère, la faim et la misère qu'il avait connues à Londres pendant que ses chefs, Ledru-Rollin, Victor Schoelcher et Louis Blanc, vivaient dans le luxe !

Il regardait Juliette, l'air indécis, traquant sur son visage l'ombre d'une vérité sur cette affaire. L'accusé avait raison : la lettre n'avait pas été envoyée sinon elle ne serait jamais entrée en possession de l'accusation. Une autre lettre alors, celle-ci dûment adressée au ministre Maupas ? Il ne savait que penser. Il refusait d'accuser un innocent.

Juliette était moins magnanime.

— L'intention compte autant que l'acte, jugea-t-elle. Il y a eu des arrestations après son passage à Paris ! Mélanie Simon le connaissait bien ; elle se trompait, elle aussi ? Parce que c'est une femme ?

— Il ne devait rien à Mélanie Simon, dit-il, se faisant l'avocat du diable. Elle mentait peut-être. Une querelle d'amants, qui sait… Elle ne voulait pas le laisser repartir en France.

Juliette se sentit attaquée dans sa féminité.

— Et le billet de cent francs changé au tabac ? Lui qui se prétend misérable.

— Selon Hubert, Ratier s'est mépris. Il n'est jamais entré chez ce marchand de tabac.

— Et les passeports ?

— Gracié de février, il y avait droit. C'est un fait, Juliette. Il ajoutait que sa femme lui avait envoyé l'argent. Il l'avait dépensé en France pour honorer ses dettes. Il avait rendu cinquante francs à Rioteau à Angers.

— Parlons-en de Riotteau. Arrêté à la suite du voyage d'Hubert en France !

— Valère Riotteau est connu depuis Juin 48. Il était suivi par la police de Maupas qui l'accuse d'avoir fomenté un complot pour renverser le gouvernement.

— Et le projet d'emmener ses amis à Paris pour assassiner Badinguet ?

— Selon lui, il ne cherchait pas à les piéger. Aurait-il vendu son ami le plus proche, Arsène Hayes ?

— Tu le crois ?

— Je ne le crois pas fourbe à ce point. Il a ajouté pour se défendre que c'étaient les proscrits, le jugeant en public, qui condamnaient leurs amis de Paris et d'ailleurs. Il y avait sûrement des mouchards dans la salle !

— Les hommes du vice-consul Émile Laurent étaient certainement parmi vous. Mais Riotteau et les autres en France ont été arrêtés après son passage. Ça ne peut être une coïncidence.

— Il aurait pu être suivi.

— Oui, tout le monde est fiché, mon Toto. Toi, le premier. Vous vous agitez tous comme des serpents sans tête. Quel roman !

— Pourtant Hubert ne convainquit pas le tribunal. Les arrestations avaient déjà eu lieu et elles correspondaient, comme tu l'as dit, à son voyage à travers la France. Cahaigne le somma d'avouer.

« — Hubert, vous courez tous les dangers du châtiment, lui dit-il. Qui sait ce qui adviendra de vous ? Prenez garde. Désarmez vos juges par un aveu. Nos amis sont dans les mains de Bonaparte, mais vous êtes dans les nôtres. Faites des révélations, éclairez-nous. Aidez-nous à sauver nos amis, ou vous êtes perdu. Parlez.

« — Je n'ai plus rien à dire, répondit Hubert, entêté. »

Une nouvelle explosion de haine secoua la petite salle de La Fraternité. Les proscrits risquaient de faire un sort à Hubert sans passer par le jugement de cour. Un proscrit de Niort, Paul Guay, communiste fervent, disciple de Cabet, icarien, lecteur du *Populaire*, s'exprima à son tour devant l'assemblée. C'était un homme à la longue barbe noire, au visage grave et pâle, aux yeux enfoncés, et que l'on disait violent. À lui seul, il avait transporté les armes pour l'insurrection de Niort après le coup d'État. Condamné à la déportation, il avait échappé à la police de Badinguet en se réfugiant sur un bateau dans le marais poitevin, à la jonction des Deux-Sèvres, de la Charente inférieure et de la Vendée. À l'aide de cette embarcation de fortune, recouverte de planches à charnières pendant la nuit, il pouvait changer de département et déjouer les recherches de la police. Il s'était ensuite exilé en Angleterre, puis à Jersey où il est cordonnier, profession qu'il avait exercée à Niort.

Il dit, d'une voix claire et posée :

« — Citoyens, il paraît qu'on voudrait juger Hubert à mort. Cela m'étonne. Vous oubliez que nous sommes dans un pays qui a des lois. Ces lois, nous ne devons pas les violer, nous ne devons rien tenter qui leur soit contraire. Cependant, il faut punir Hubert d'une part pour le passé, et d'autre part, pour l'avenir, lui imprimer un stigmate ineffaçable. Donc, afin de ne rien faire en dehors de ce qui est permis par les lois, voici ce que je propose : nous allons saisir Hubert et lui raser les cheveux et les moustaches, et, comme les cheveux et les moustaches repoussent, lui couper un centimètre de l'oreille droite. Les oreilles ne repoussent pas. »

La proposition de Paul Guay reçut en guise d'accueil un rire grinçant de l'assistance. Un rire à l'image de l'atmosphère qui régnait dans la salle. Lugubre et froide.

— Voilà de quel bois sont faits ces communistes, ces icariens comme ils se proclament. Ils ont tous l'idéal d'une société fraternelle, organisée comme un couvent, et qui finit par le crime !

— Ce Guay pas joyeux serait aussi un sérieux candidat à l'assassinat d'Hubert, dit Juliette. Je l'imagine bien sur le Dicq plantant les clous dans la chair de cet homme.

— Et ce n'est pas tout ! Un nommé Avias, teinturier de son état, que j'avais reçu à Marine Terrace, personnage trouble, s'exclama en se juchant sur une table alors qu'il lui manquait un pied :

« — Citoyens, pas de tout ça ! finissons. Comptons-nous, et tirons au sort à qui donnera le coup de pouce au gredin. Si personne ne veut, je m'offre. »

— Quelle générosité ! s'exclama Juliette.

Elle revivait la séance nocturne comme si elle y avait été, elle qui ne sortait jamais. Aucune femme ne s'aventurait jamais dans cette sorte de société masculine, au cœur de la nuit, pour régler un différend politique. Certes, il y avait eu George Sand, mais elle avait dû se travestir pour s'immiscer dans la société des hommes. Elle avait obtenu un permis de la police pour le faire. Rien ne portait Juliette vers ces extrêmes. Il n'empêche, elle imaginait parfaitement, sans y avoir été, ces êtres froids, vêtus de hardes grises ou noires, sentant le mauvais tabac, la bière et la sueur mêlés, s'échauffant entre eux, avec la certitude de tenir enfin l'agent de leur malheur. En le tuant, croyaient-ils, ils tueraient non pas Hubert, le traître, le mouchard, mais le sort qui les avait plongés dans la pauvreté, jetés dans l'exil, ce maudit sort qui les avait arrachés au monde connu, et, pour certains, à leur famille : pères et mères qu'ils ne reverraient jamais, frères et sœurs disparus au loin, engloutis dans les brumes de l'Histoire, arrêtés ou déportés – souvent assassinés –, anonymes que l'on avait aimés et qui s'effaçaient des mémoires.

À Jersey beaucoup mouraient de cet éloignement glaçant pour l'âme ; ces ouvriers qu'une vie de labeur absurde avait détruits autant que la police de France qui les avait réprimés pour avoir demandé à vivre mieux, à éduquer leurs enfants plutôt que de les jeter dans les ateliers dès l'âge tendre. Les privations de l'exil, sur ce caillou battu par les vents, finissaient de les achever. Chaque semaine, on enterrait l'un de ces hommes ou l'une de ces femmes – elles étaient nombreuses, épouses ou insurgées – que la maladie avait rongés en sus du désespoir. Parfois, on enterrait une famille entière, décimée par les maladies et les chagrins. Dans ce contexte, Hubert était une aubaine, un moyen de reprendre possession d'eux-mêmes. En les exilant, on leur avait volé leur âme. Cela, elle le comprenait parfaitement ; elle-même ne s'appartenait plus depuis qu'elle avait rencontré Victor.

Le poète se dressa face à la foule en colère, face à ce fanatique de Guay, face à ce mythomane d'Avias, face au vieux père Fombertaux qui fulminaient et voulaient lyncher Hubert.

« — Citoyens, lança-t-il à la cantonade, citoyens, dans un homme que vous nourrissiez, que vous souteniez, que vous aimiez, vous venez de trouver un traître. Dans un homme que vous preniez pour un frère, vous venez de trouver un espion. Cet homme a encore sur le dos le vêtement que vous lui avez acheté, et aux pieds les souliers que vous lui avez donnés. Vous êtes dans le frémissement de l'indignation et de la douleur. Cette indignation, je la partage ; cette douleur, je la comprends. Mais prenez garde. Qu'est-ce que c'est que ces cris de mort que j'entends ? Il y a deux êtres dans Hubert : un mouchard et un homme. Le mouchard est infâme, l'homme est sacré.

« Théobald Cauvet, riche et ivre ce soir-là comme tous les soirs, l'interrompit en disant d'une voix traînante et vulgaire :

« — Ah oui ! C'est ça. Toujours la douceur ! »

Il le connaissait pour le recevoir à Marine Terrace, lui aussi. C'était un homme qui avait réprimé la foule de Juin

48 à balles réelles. C'était là leur ressemblance. Fanatique de Ledru-Rollin, il était un partisan de la guillotine pour les ennemis du peuple. Comme beaucoup ici. Fortuné, il aidait les proscrits dans le besoin, ce qui le lui rendait sympathique. Homme d'excès, alcoolique, il souffrait de la goutte malgré son jeune âge.

« — Oui, reprit-il, la douceur. L'énergie d'un côté, la douceur de l'autre, voilà les deux armes que je veux mettre dans les mains de la république. Citoyens, savez-vous ce qui vous appartient dans Hubert ? Le mouchard oui, l'homme non.

« — Tu l'as déjà dit, Hugo ! Passons aux affaires sérieuses ! s'écria un homme dans la foule, qui n'était pas de ses partisans à l'évidence. »

Il peinait à voir qui s'était exprimé ainsi à travers l'épais brouillard des cigares et des pipes. Sa vue baissait, et il craignait de finir sa vie de poète comme Homère. Juliette l'accompagnerait de ville en ville. Elle le guiderait dans la nuit, et porterait sa lyre.

Il poursuivit sans chercher à répondre à son contradicteur :

« — Le mouchard est à vous, l'honneur du traître, le nom du traître, sa personne morale, vous avez le droit d'en faire ce qu'il vous plaira ; vous avez le droit de broyer cela, de déchirer cela, de fouler cela aux pieds ; oui, vous avez le droit de pétrir sous vos talons le nom d'Hubert, et d'en ramasser les lambeaux hideux dans la boue et de les jeter à la face de Bonaparte.

« — Mais savez-vous à quoi vous n'avez pas le droit de toucher ? C'est à un cheveu de sa tête. »

Ribeyrolles lui serra la main, saisi par cette éloquence qui avait fait de lui un orateur célèbre à l'Assemblée au temps où elle existait encore.

Tous étaient suspendus à ses lèvres. Les fâcheux s'étaient tus. Les indécis se rendaient à ses arguments. Ses admirateurs exultaient.

« — Ce que MM. Hubert et Bonaparte viennent de faire ici est monstrueux. Faire nourrir un espion par notre pauvre caisse indigente, mêler dans la même poche le billet de banque de Maupas et le denier fraternel des proscrits, nous jeter aux yeux notre aumône pour nous aveugler, faire arrêter les hommes qui nous servent en France par l'homme que nous nourrissons à Jersey, enrôler dix exilés ici même pour les pontons, recruter à Jersey pour Cayenne, singer, parodier et compromettre l'exaltation par la mouchardise, aigrir nos amertumes avec le venin de la police, poursuivre la proscription par le guet-apens, ne pas laisser l'exil tranquille, attacher les fils d'une trame infâme aux plus saintes fibres de notre cœur, nous trahir et nous voler en même temps, nous filouter et nous vendre, combiner ce qu'il y a de plus bas avec ce qu'il y a de plus lâche, la perfidie mielleuse, la férocité sournoise, voilà le sac dans lequel nous venons de prendre la main de M. Bonaparte. »

Et s'il fit une pause dramatique pour regarder l'assistance, apaisée par les mots, les cadences, les périodes, par le ton calme de sa voix profonde, il reprit néanmoins son discours de tête ainsi que le lui avait enseigné son maître en éloquence, Lamartine, dont il admirait la tournure d'esprit, la vivacité et l'aisance avec laquelle il convoquait le Verbe pour l'incarner sans jamais lire une seule note. Aux séances de la pairie, puis de l'Assemblée nationale, il avait souvent répondu ainsi à ses contradicteurs, comme ce jour mémorable où il avait dû défendre sa loi sur la réduction du temps de travail des enfants contre le baron Thénard qui s'y opposait farouchement. Ce même baron voulait laisser épuiser les enfants des pauvres, les tuer à la tâche, les rendre impropres à tout enseignement, lui qui n'avait jamais laissé les siens travailler.

Ce jour-là, il avait pourtant été défait par le baron. Il s'était à la fois morigéné de n'avoir point demandé l'abolition de cette loi scélérate qui autorisait le travail des enfants pendant seize heures par jour, et surtout il s'était juré de réserver une place de choix à Louis Jacques Thénard, baron et chimiste de l'infamie, dans son grand roman sur les misères qui serait le nouvel évangile des pauvres. Il en ferait un personnage monstrueux, un détrousseur de cadavres après la bataille de Waterloo, un négrier, un charognard, le bourreau d'une mère et de sa fille, un Thénardier !

« — Touchez cet homme, reprit-il en désignant Hubert, blessez-le, frappez-le seulement, et demain l'opinion, qui est pour vous, se retourne contre vous. La loi anglaise vous cite à sa barre. De juges, c'est vous qui devenez accusés. M. Hubert disparaît, M. Bonaparte disparaît ; l'espion et l'empereur s'en vont dans le brouhaha l'un portant l'autre, et que reste-t-il ? Vous, proscrits français, devant un jury anglais. Et au lieu de dire : Voyez l'indignité de ce Bonaparte. On dira : Voyez la brutalité de ces démagogues. »

Quelques grognements se firent entendre : les démagogues se reconnaissaient. Il poursuivit en désignant Hubert qui se sentait enfin défendu par cet homme qu'il avait toujours méprisé.

« — Citoyens, je prends cet homme sous ma garantie, non pour l'homme, mais pour la république. Je m'oppose à ce qu'il lui soit fait aucun mal, ni aujourd'hui, ni demain, ni ici, ni ailleurs. Je résume en un mot votre droit : publier, ne pas tuer. L'honneur de l'homme, et non sa peau. Le châtiment par la lumière, non par la violence. Un acte de grand jour, non un acte de nuit. La peau d'Hubert ! grand Dieu ! qui est-ce donc qui en veut ? qu'est-ce que vous feriez de la peau de ce mouchard ? quant à moi, je ne veux même pas de celle de Bonaparte. Je le déclare, personne ne touchera à Hubert, personne ne le maltraitera. Poignarder M. Bonaparte, ce serait dégrader le poignard ; souffleter M. Hubert, ce serait salir le soufflet. »

— Il me semble que tu as été écouté, mon Toto, mais pas entendu…

— Sur le moment, à part la faction terroriste représentée par un certain Fillon qui m'apostropha à deux reprises, Claude Durand, le poète, Ratier, Ribeyrolles et Cahaigne me félicitèrent chaleureusement. Hubert fut confié à Beauvais et fouillé après avoir donné son consentement. On dressa un procès-verbal attestant de la culpabilité d'Hubert, espion de Bonaparte. Cauvet, ce grand gaillard moustachu qui n'avait pas fini de cuver son vin, lui proposa un pistolet pour mettre fin à ses jours et laver son honneur. Hubert refusa par deux fois. Quand tout fut fini, M. Philippe Asplet, le connétable, prit en charge le coupable et l'écroua à la prison de Jersey pour dettes contractées auprès de la proscription.

— Que pensa l'autre bord de cette résolution paisible ?

— Je vis des regards de haine. Fillon, l'un des extrémistes, me dit : « Vous avez raison. Du moment qu'on avait parlé, rien n'était plus possible. »

— L'exécution d'Hubert ? demanda Juliette.

— Tout le monde au courant, le crime eût été imputé d'office aux proscrits.

— Il l'est à présent ! Il l'est certainement !

— Les agents de Bonaparte auraient pu vouloir le faire taire, eux aussi. Hubert eût pu donner des informations aux insurgés. Je me méfie grandement de ce vice-consul Émile Laurent. C'est une couleuvre.

— Et que te dit Fillon ensuite ?

— Il me dit : « Est-ce que, quand on veut exécuter un traître, on s'en va le crier sur tous les toits ? Nous sommes soixante-dix ici, c'est soixante-six de trop. Quatre suffisaient. En Afrique – il venait d'Algérie où il avait été emprisonné –, nous avons eu une affaire comme celle-là. On a découvert qu'un nommé Auguste Thomas avait disparu sans qu'on ait pu jamais savoir ce qu'il était advenu. C'est comme cela que ces choses-là se font. »

— C'est l'autre manière qui a été privilégiée. On l'a assassiné et exhibé à la vue de tous ! Pourquoi ? demanda Juliette.

CE QUI NE PEUT MANQUER D'ARRIVER

Après le procès, Hubert fut remis à M. Philippe Asplet, le connétable, qui le conduisit dans une cellule de la prison de Jersey. Il devait y être détenu le temps de rembourser les dettes contractées auprès des proscrits qui, à l'instar de Beauvais ou de Ratier, l'avaient accueilli, nourri et blanchi pendant des mois. Il avait aussi puisé dans la caisse d'entraide de la proscription, continuant à toucher sa solde de survie alors qu'il percevait les sommes allouées par Maupas, le ministre de l'Intérieur, pour récompenser ses services de mouchard.

— Trois jours plus tard quelqu'un s'est acquitté de la dette. Hubert est sorti de la prison puis a été assassiné, dit Juliette.

Il leva les mains en signe d'impuissance.

— Sais-tu par qui ? demanda Juliette.

— J'ai demandé à Asplet. Il m'a répondu qu'il avait reçu un don anonyme correspondant à la dette d'Hubert. Il l'a donc relâché.

— Son assassin peut-être…

— Son assassin ou son complice.

— Tu as eu le temps de le voir avant sa libération ?

— Oui, le lendemain, dans sa cellule. Je lui ai parlé longuement.

— Et que t'a-t-il dit ?

— Je te raconterai. Ce soir-là, je suis d'abord rentré chez moi. Seul.

Il avait congédié ses fils devant la taverne de Beauvais. Il voulait se promener sur la plage d'Azette avant de rentrer se coucher. L'atmosphère lourde de la salle où avait été jugé Hubert lui pesait encore. Il ressentait le besoin de se calmer les nerfs en marchant au bord de la mer. Charles et François-Victor trouvaient l'idée de leur père dangereuse, surtout après cette séance agitée à l'auberge de Beauvais. Il ne manquerait pas de croiser quelque proscrit auquel le jugement avait déplu. Ou encore l'un de ces mouchards du vice-consul Émile Laurent qui profiterait de la nuit pour lui faire un sort sur la plage d'Azette. Qu'il acceptât au moins leur compagnie le temps de cette escapade nocturne. Il refusa. Il avait besoin d'être seul pour méditer. Il vit les deux jeunes hommes sourire malicieusement, pensant qu'il les abandonnait pour s'en aller chez Juliette chercher du réconfort. Il ne chercha pas à les détromper. Ses enfants, ses femmes aimaient croire qu'ils lisaient dans son esprit. Ils l'avaient vu grandir autant qu'il les avait vus pousser sous son toit, marmots bruyants puis jeunes hommes indociles. C'étaient à présent des hommes faits. Cette idée saugrenue qu'ils le connaissaient sur le bout des doigts était une croyance commune à toute sa famille, à ses enfants, à sa femme Adèle en particulier, et bien sûr à Juliette. Ils connaissaient l'homme public et, de surcroît, l'homme intime troublé par ses démons, tourmenté par la mort de sa fille, empêtré dans ses histoires sentimentales que moquaient gentiment ses amis à l'instar de Balzac ou, plus méchant, comme ce Judas de Sainte-Beuve qui le poursuivrait par-delà le tombeau s'il venait à mourir avant lui. Tout cela faisait qu'il se méfiait encore plus de ses amis et de sa famille. C'était là un signe de sa maturité nouvelle, dont il ne tirait rien par ailleurs. C'était l'autre Hugo qu'ils croyaient connaître, celui qui avait vécu rue Royale à Paris où il avait reçu des gens de son monde, le pair de France, puis le révolutionnaire sans cause de la rue de La Tour-d'Auvergne, l'homme traîné dans la boue pendant les dîners en ville. Ils négligeaient l'homme secret qui avait vu son frère sombrer dans la folie, l'homme qui avait perdu sa fille aînée, aimée profondément, l'homme blessé qui avait vu mourir son monde avant même l'exil qui doublait sa peine au milieu des railleurs qui l'entouraient. *Être comique au-dehors, et tragique au-dedans, pas de souffrance plus humiliante, pas de colère plus profonde.* Ses ennemis comme ses amis ignoraient l'homme en colère qui se dressait contre tous ceux qui jugeaient des hommes tombés, comme Claude Gueux, comme Jean Tréjean devenu le Jean Valjean des *Misérables*, condamné au bagne pour avoir volé un morceau de pain sous l'œil indifférent des duchesses, comme cet étrange Hubert que la faim avait mal conseillé. Ils ne voyaient pas l'homme mutilé depuis l'enfance, le petit garçon soustrait à son père par une mère malveillante, négligé par ce même père qui les avait enfermés, ses frères et lui, dans une sombre pension espagnole pour en faire de grands hommes. Il ne s'était jamais appartenu malgré les oripeaux de la réussite et de la gloire : cette dame bien froide en habit de fête. Une part de lui restait prisonnière, enfermée à double tour dans cette enfance sans amour, drapée ensuite de cette reconnaissance grandiose qui masquait mal une profonde et incurable tristesse. S'il avait écrit tous les jours jusqu'à la mort de Léopoldine, c'était en grande partie pour briser ces chaînes qu'il portait depuis l'enfance, pour souffler sur les murailles de son bagne intérieur, pour s'évader et réclamer sa part de joie.

Il embrassa ses fils avec chaleur et les vit s'éloigner en direction de Marine Terrace par le hameau du Havre des Pas.

Il descendit vers la grève d'Azette, se dirigeant vers cet océan qui l'attirait comme un aimant, et dont il entendait l'appel abyssal jusque dans ses rêves. Guidé par une forme de prémonition, il se rendit d'abord sur le Dicq, sentant bien que les poteaux de cette Brocéliande minérale, figée pour l'éternité par la colère d'un Dieu irascible, l'attendaient pour lui susurrer le nom des noyés pris dans les rets de cette digue, à l'instar de tous les défunts échoués dans sa mémoire qui hantaient à présent sa vie : Eugène et Léopoldine surtout, Honoré de Balzac et Nerval, sa sainte Sophie et son père Léopold, tous ses amis et parents engloutis dans les remous du temps, ensevelis par une mer immense de souvenirs tristes, tombés dans des ténèbres remuantes. Ce que ne devinaient ni ses enfants ni Adèle, ni même Juliette, qui sondait pourtant son cœur depuis trente ans, c'est qu'il ne voyait plus chez les êtres que ce masque hideux de la mort, masque apposé à même leurs visages, cette mort terrible qui les emporterait au sein de cet océan pulsatile, bouts de bois mort que la marée finirait par engloutir à jamais.

Il se cramponna à l'un des pylônes du Dicq, et pleura longuement.

Les souvenirs affluaient alors qu'il s'accrochait à la digue pour ne pas être emporté par cette vague de chagrin immense qui l'accablait. Le retour heureux d'Espagne, le Pays basque – Pasajes et Manuela la Batelière ; la route sacrée vers Tolosa et Pampelune – où il avait vécu ses plus belles heures avec Juliette, croyant atteindre enfin cet éden perdu ; puis, hélas, sur le chemin du retour, l'annonce qui l'attendait à Rochefort, comme tapie dans l'ombre de cette nuit sans étoiles, dans ce Café de l'Europe pourtant baigné de lumière, où lisant l'article du *Siècle*, il apprenait la mort de Léopoldine.

C'était là, parmi les embruns, battu par le vent et les embruns, flèches glacées que des Euménides vengeresses lui lançaient au visage, qu'il se revit froissant entre ses mains cette page de journal dont l'encre noire l'aveuglait, surtout quand il croyait saisir enfin le sens qui lui échappait et se dissipait en laissant place à ces taches noires qui tournoyaient de plus en plus vite devant ses yeux, maelström géant prêt à l'engloutir.

Il lisait en tremblant ce que rapportait *Le Siècle* :

Un affreux événement qui va porter le deuil dans une famille chère à la France littéraire est venu, ce matin, affliger de son bruit sinistre notre population qui, parmi les victimes, compte des concitoyens.

Hier, vers midi, M. P. Vacquerie, ancien capitaine et négociant du Havre, qui habite à Villequier une propriété située sur les bords de la Seine, ayant affaire à Caudebec, entreprit d'accomplir ce petit voyage par eau. Familier avec la navigation de la rivière et la manœuvre des embarcations, il prit avec lui, dans son canot gréé de deux voiles auriques, son jeune fils, âgé de dix ans, son neveu M. Ch. Vacquerie, et la jeune femme de ce dernier, fille, comme on sait, de M. Victor Hugo.

Parti de Villequier avec le jusant, le canot fut rencontré vers midi trois quarts, louvoyant avec faible brise de N.-O., par le bateau à vapeur La Petite-Emma, *capitaine Derosan, qui, en le perdant de vue, vint toucher à Villequier pour prendre un pilote, et y mouilla, faute d'eau. Une demi-heure à peine s'était écoulée que l'on fut informé à terre qu'un canot avait chaviré sur le bord opposé de la rivière, par le travers d'un banc de sable appelé le Dos-d'Âne. On courut immédiatement au lieu de l'accident.*

Il suffoquait en parcourant ce morceau infâme. L'indigence du style, le maniérisme provincial du pisse-copie, les détails sans importance blessaient sa vue et son esprit, alors qu'il voulait aller au fait : sa Didine ! Morte ? Noyée ?

Le cœur brisé, il poursuivit sa lecture du pensum :

Le canot était coiffé, ayant ses voiles bordées, dont les écoutes étaient imprudemment tournées à demeure. En le redressant, on trouva dans l'intérieur un boulet et une grosse pierre servant de lest, et le cadavre de M. Pierre Vacquerie incliné et la tête penchée sur le bord.

Les trois autres personnes avaient disparu.

Il sursauta : Didine est peut-être vivante ! Elle a regagné la rive avec Charles, son mari ! Il fallait juste la chercher encore. Mais que diable faisaient tous ces gens de Villequier et Caudebec !

On supposa d'abord que M. Ch. Vacquerie, nageur très exercé, avait pu, en cherchant à sauver sa femme et ses parents, être entraîné plus loin. Mais rien n'apparaissant à la surface de l'eau, au moyen d'une seine on dragua les environs du lieu du sinistre, et, du premier coup, le filet ramena le corps inanimé de l'infortunée jeune femme, qui fut transporté et déposé sur un lit.

Il n'y avait plus d'espoir. Le journaliste poursuivait en indiquant que sa femme Adèle, qui résidait au Havre pour l'été, à Sainte-Adresse pour être exact – ceci le journaliste l'ignorait sinon il se serait empressé de remplir sa colonne de cent mots inutiles et vides pour le préciser –, avec ses deux enfants – il en manquait un ! mon Dieu… Adèle était rentrée immédiatement à Paris après la tragédie ! Elle avait abandonné notre Didine ? Il peinait à le croire, mais la mort remontait à cinq jours.

Il froissa le torchon et le jeta sur la table.

Il resta figé un long moment, le visage impassible, le temps que Juliette défroisse le journal et lise à son tour l'article immonde qui lui fit monter des larmes aux yeux. Elle allait se mettre à pleurer lorsqu'il se leva d'un coup, fouilla sa poche et en ressortit quelques pièces de monnaie qu'il jeta sur la table, près de son bock à peine entamé. Sortir de cet endroit de malheur, draguer Juliette derrière lui avant qu'elle ne s'effondre en public – il ne fallait surtout pas exposer sa douleur –, prendre ensuite la diligence pour La Rochelle, rejoindre Paris coûte que coûte pour consoler les siens.

C'est à peine s'il sentit en se levant, à demi fou, la main de sa Juliette qui lui prenait le bras pendant qu'il se dirigeait vers la sortie comme un automate. Sur la place Colbert, le soleil le frappa en plein visage ; ses yeux brûlaient entre les larmes. Il se rappela soudain que la diligence ne partirait pas avant midi. Il décida de marcher droit devant lui.

Longtemps il marcha, marcha, sans se retourner, cheminant sans voir, aveugle que ne guidait personne. Il marcha au-delà des remparts de Rochefort. Il parcourut d'étranges faubourgs qui semblaient déserts. C'est qu'il ne voyait pas les gens, ne les entendait pas. La foule passait devant lui, et il ne la remarquait pas, absorbé qu'il était en lui-même. Sa tête était pleine de bruits étranges : trilles lancinants, le plus souvent discordants, suivis d'idées saugrenues qui l'accaparaient entièrement. Elle n'était pas morte ; le journaliste s'était trompé ; ce n'était pas la jeune femme que l'on avait remontée de la Seine et étendue sur la rive, enveloppée dans un drap blanc ; on se trompait ! C'était une autre qui lui ressemblait, l'Ophélie du poète anglais ! Dans cette tête assommée par le soleil et le malheur, s'imposait aussi l'idée inverse : c'était bien sa Didine, sa pauvre et belle Didine qui était morte en suffoquant dans l'eau qui l'avait avalée ! Il entendait les cris de la jeune fille à l'agonie, étouffés par l'eau froide qui l'engloutissait, ne lui laissant aucun espoir, l'entraînant inexorablement vers l'abîme. Il sentait sa peur immense pendant qu'elle mourait en se débattant dans l'eau glacée de la Seine. C'était pour lui, il avançait toujours sans but, droit devant, un crève-cœur que cette mort horrible. Il n'avait pas été là pour la sauver ! Il n'avait pas sauvé sa fille de la mort alors que c'est le devoir d'un père ! S'il n'était pas parti avec Juliette, volant sa lune de miel à son enfant chérie – oui c'était de ça qu'il s'agissait au fond, il en était persuadé –, elle ne serait pas montée dans cette embarcation.

Ô mon Dieu, que vous ai-je fait !

Dieu l'avait puni pour la vie de débauche menée avec Juliette, sa seconde épouse. Il avait poussé le blasphème à son comble en faisant coïncider la date du mariage de Léopoldine avec sa première nuit avec Juliette dix ans auparavant, au jour près ! Cette tragédie était son œuvre !

Il marcha encore longtemps avant de revenir à travers les champs brûlés de son âme, repassant par les faubourgs vides de sa mémoire incendiée, traversant sans même les voir les remparts de la cité en flammes, pour finir par s'effondrer, épuisé, le crâne bouilli par le soleil, devant la poste des diligences où l'attendait une Juliette en pleurs qui lui tendait les bras pour le consoler. Il tomba par terre, vaincu, et de ses mains gratta la terre pour s'en couvrir le visage et les cheveux. Il resta prostré longtemps, sans rien entendre, sans rien voir, plongé dans un abîme. À travers des brumes, surnageant au milieu du chaos de son esprit, il se souvint alors de la devise gravée sur le portail du château de Coarraze :

LO QUE HA DE SER
NO PUEDE FALTAR[1]

1. « Ce qui doit arriver ne peut manquer d'arriver. »

L'océan pulsait comme un gros cœur qui tapait directement dans le sien. Il sentait la circulation des masses liquides dans ses veines. Le grondement sourd des Béhémots qui se baignaient au large faisait écho dans sa poitrine ouverte. À l'horizon extrême, sa vue, affaiblie par l'âge et les travaux, se noyait dans un brouillard mystique. On l'appelait : « Victor », disaient les voix surgies du sépulcre où dormait sa fille : « Victor. Viens, Victor, viens à nous... »

Pris de vertige, il s'appuya contre le Dicq pour ne pas sombrer dans le vide qui s'ouvrait sous ses pieds. Il s'agrippait à cette forêt obscure qui l'empêchait de se précipiter dans la mer pour en finir. Une force inconnue le poussait à rejoindre Léopoldine. Son souvenir le hantait si violemment qu'il entendait ce chant des Sirènes, encore et encore, qui le réclamaient : « Victor, Victor, viens à nous... Nous t'attendons, Victor. Elle t'attend, viens la rejoindre... »

Il eût aimé pouvoir se boucher les oreilles avec de la cire et laisser ses compagnons le porter vers ces récifs acérés qu'il voyait en songe. Elles hurlaient à présent. Elles pleuraient, suppliaient, gémissaient avec la voix de sa fille, démultipliées par le vent et la tempête. Il devenait fou, comme il avait failli devenir fou en traversant la France pour rejoindre sa famille endeuillée.

Ils étaient arrivés de nuit à La Rochelle où il leur avait fallu attendre encore la voiture du lendemain soir pour Saumur. Il profita du retard pour écrire à sa femme, l'assurant de son amour et de sa présence en pensée, puis à Louise Bertin, sa compositrice préférée, son amie intime, celle dont la maladie terrible le rapprochait le plus de sa propre souffrance : il lui confiait, entre les larmes, sa main sur le papier, l'âme suppliciée : « J'aimais cette pauvre enfant plus que les mots ne peuvent le dire. Vous vous rappelez comme elle était charmante. C'était la plus douce et la plus gracieuse femme. Ô mon Dieu, que vous ai-je fait ! Elle était trop heureuse, elle avait tout, la beauté, l'esprit, la jeunesse, l'amour. Ce bonheur complet me faisait trembler. J'acceptais l'éloignement où j'étais d'elle afin qu'il lui manquât quelque chose. Il faut toujours un nuage. Celui-là n'a pas suffi. Dieu ne veut pas qu'on ait le paradis sur la terre. Il l'a reprise. Oh ! mon pauvre ange, dire que je ne la reverrai plus ! Pardonnez-moi, je vous écris dans le désespoir. Mais cela me soulage. Vous êtes si bonne, vous avez l'âme si haute, vous me comprendrez, n'est-ce pas ? Moi, je vous aime du fond du cœur, et, quand je souffre, je vais à vous. »

Le lendemain soir, ils reprenaient la diligence en direction de Saumur, serrés contre d'autres passagers dans une voiture dont la fenêtre cassée laissait passer le froid et la pluie. Il gelait à pierre fendre dans ces ténèbres cahotantes, mais il n'en avait cure même s'il tenait dans ses bras une Juliette tremblante pour la réchauffer et la consoler. Il paraissait si calme, si maître de lui : un autre homme était assis à sa place, un homme qui souffrait terriblement la perte de son enfant, et qu'il observait à distance, sans émotion, le cœur tout à fait mort.

Arrivés à Saumur, il se procura *Le Siècle* et le *Journal des débats*, où il apprit que le canot avait sombré avec sa fille, son beau-fils et l'oncle de ce dernier, Pierre Vacquerie, accompagné de son jeune fils de dix ans, Artus. Ils allaient à Caudebec pour voir le notaire de Pierre Vacquerie. Destiné aux régates, le canot était une création de cet oncle ingénieur dans laquelle avaient pris place quatre personnes, ce qui était trop lourd pour une embarcation de ce type. Sa Didine n'aurait pas dû les accompagner, n'étant pas prête au moment du départ.

La mère de Charles Vacquerie avait eu un mauvais pressentiment et avait tenté de dissuader sa bru de monter à bord de la chaloupe. Léopoldine l'avait écoutée. Mais ils étaient finalement revenus pour lester l'embarcation de grosses pierres plates. Cette fois, Léopoldine – il la maudissait presque – était montée avec son mari qu'elle aimait follement.

Mais cela n'avait pas été suffisant. Rien ne suffisait à ce Dieu jaloux qui cherchait à le punir !

Léopoldine, Charles, l'oncle et le neveu étaient arrivés sans encombre à Caudebec pour voir un notaire avec qui ils souhaitèrent déjeuner ensuite à Villequier. Ce dernier voulut les raccompagner en voiture. Ils refusèrent. Et le notaire accepta même d'aller avec eux, puis se ravisa quand le navire se mit à pencher dangereusement. Il préféra donc sauter sur le bord du chemin, et les vit s'éloigner au loin. Il a été bien inspiré, se dit-il en relevant ces avertissements répétés du destin que ses enfants n'avaient pas entendus.

Sur l'eau, un coup de vent venu du Diable ou plutôt de ce Dieu qui l'avait maudit, un vent traître et violent comme il en rugit parfois sur la Seine, avait chaviré le bateau comme on souffle une bougie. Épouvantée, sa pauvre Didine ne sachant pas nager s'était accrochée avec l'énergie du désespoir à l'embarcation en train de sombrer, pensant trouver là son salut. Charles, nageur adroit, avait tenté en vain de la décrocher à plusieurs reprises de l'épave. À la troisième ou quatrième tentative, il abandonna et préféra se noyer avec elle.

Son instinct de père ne l'avait pas trompé : Charles Vacquerie eût fait un bon mari.

Une nouvelle fois, litanie absurde, lui revint à l'esprit la terrible maxime :

LO QUE HA DE SER
NO PUEDE FALTAR

DIX ANS APRÈS

Sur cette plage d'Azette battue par le vent, il se sentait encore coupable de la mort de sa fille. Il n'aurait jamais dû l'abandonner à son mari ! Mais que faire ? La lui ravir, l'enfermer et la garder près de lui comme il l'avait fait avec Juliette ? Et toujours ce chant des Sirènes qui le rendait fou. Où était-ce le vent et l'océan furieux qui l'hallucinaient ? Il entendait distinctement ces voix qui l'enveloppaient dans une camisole de force. Il lui fallait se défaire à tout prix de ce charme redoutable qu'il avait provoqué en jouant avec les tables. Il avait ouvert la porte des Enfers. Comment fuir ? Et où ? L'île se réduisait à une peau de chagrin. Où qu'il allât son souvenir le hantait. Dans les pierres, dans le sable, sur la mer, par les chemins, il croisait et recroisait son ombre affolée : elle portait un voile blanc en fuyant dans la nuit par les sentiers aux herbes folles.

Parfois, il la voyait de sa fenêtre, elle l'attendait au bord du chemin, non loin de l'océan. Fugace, elle disparaissait comme elle était venue, comme un feu follet. Il demandait parfois à ses fils s'ils avaient vu la forme blanche en face de Marine Terrace, en revenant le soir de leurs promenades. Il n'obtenait d'eux que des regards étonnés et inquiets. Ils insistaient parfois pour savoir ce qu'il avait exactement aperçu depuis sa fenêtre, cherchant à comprendre la nature de son trouble. Préférant ne pas s'étendre sur le sujet, il changeait de conversation : il avait honte de ses visions. Il n'en parlait ni à Adèle ni à Juliette surtout qui lui aurait intimé l'ordre d'arrêter de jouer avec les spectres parce qu'ils le rendaient fou à l'évidence, tout spectaculaires et célèbres qu'ils fussent ! Pourtant c'était Charles qui servait de conducteur aux esprits. Lui assistait aux séances en simple spectateur, ou s'en faisait lire le compte rendu quand il s'absentait pour travailler. Cela ne rassurait pas plus Juliette pour qui ils jouaient tous avec le diable dans leur famille dévorée par la solitude et le chagrin. Elle n'était pas superstitieuse. En revanche, elle refusait catégoriquement de se prêter à leurs folies, comme elle disait. Qu'il ne s'étonnât pas ensuite de voir des spectres se promener dans sa chambre ! C'était bien vrai que son lit bougeait. Il entendait aussi des coups sur sa table de nuit, son lit se soulevait quand il s'assoupissait. Il rêvait… peut-être… Non ! Ces manifestations étaient réelles, aussi tangibles que le vent et la pluie sur le Dicq qui cherchaient à l'arracher à sa croix !

François-Victor se moquait de lui. Ce benêt de la logique vous sortait son Descartes pour éteindre toute discussion. Son vieillard de père – il n'eût jamais osé le lui dire en face – confondait les bruits d'une vieille maison branlante dont le bois travaillait la nuit. Grincements de portes, dilatations des parquets, vent coulis qui agitait les montants des fenêtres et des portes. Quoi de plus normal dans une maison de campagne ! On n'imagine point que le désert insulaire, étendu à l'océan autour d'eux, redoublé en quelque sorte par ce dernier, fût silencieux, lui rappelait-il de cet air supérieur où il sentait bien poindre toute l'ironie de la jeunesse s'abaissant à disputer avec plus âgée qu'elle.

En retour, il lui reprochait son prosaïsme, son esprit étriqué, scientiste, son incapacité à voir par-delà les apparences. François-Victor était le seul à ne jamais participer aux séances des tables parlantes. Il ne daignait même pas s'en expliquer avec lui. C'étaient des fariboles ! Léopoldine était morte ; elle ne reviendrait jamais ! Sur ce point, il se serait parfaitement accordé avec Juliette. D'ailleurs, il les soupçonnait de se voir en cachette, tant cette dernière l'adorait. Elle le trouvait beau avec son air mélancolique de poète, ses moustaches fines et aristocratiques, lissées en pointe, ses cheveux charbonneux alors que les siens viraient au gris, ce qui le chagrinait. Elle ne lui disait pas qu'elle le recevait parfois chez elle ; le gredin non plus. Il s'absentait pour une visite en ville !

À l'égard de ses fils, il était d'une extrême jalousie. Surtout à leur égard ! Doté d'une obscure volonté, il leur faisait de l'ombre : une ombre immense comme ce gros nuage gorgé de fiel qui voilait la lune alors que la pluie redoublait et que la mer menaçait de tout recouvrir sur la grève. Une ombre écrasante pour son entourage ! Il ne cherchait même pas à la dissiper. Au contraire, il redoublait de ténèbres quand il le pouvait, étendant son empire sur eux comme Dieu sur les hommes. C'était plus fort que lui. Il ne pouvait s'empêcher de recouvrir ses maîtresses, ses amis, ses femmes de ce voile immatériel, de cette nuit si puissante qu'aucune lumière ne s'en échappait. Léopoldine l'avait compris. Elle l'avait fui dans le mariage ! À seize ans déjà, elle voulait épouser Charles Vacquerie, et s'en aller loin de lui ! N'avait-il pas subjugué l'une des maîtresses de Charles ? Alice Ozy, comédienne et courtisane, courtisane et comédienne ! Il l'avait troussée pendant que Charles attendait dans son antichambre. En avait-il ressenti de la honte ? Que nenni ! Où le père passait, les fils trépassaient. Mais c'étaient ses filles qui s'éteignaient les premières ! L'une noyée par sa faute, il n'en démordait pas, l'autre s'étiolant doucement à l'ombre de sa mère morte : les deux Adèles se reflétant. La pauvre folle s'enfermait dans sa chambre pour écrire son journal ou composer de la musique. Elle refusait de sortir se baigner avec eux ! Peut-être avait-elle peur de se noyer à son tour. Elle se morfondait à cet âge où les jeunes filles s'entourent de courtisans. Il avait chassé les courtisans ! C'était sa faute, il n'en doutait pas. Il les avait entraînés dans son exil pour son confort ! Il ne ressemblait pas à Ovide qui avait laissé sa famille à Rome quand Auguste, terrible Prince, l'avait jeté en exil à Tomis. Il était pareil à ce Vipsanius Minator, relégué par Tibère, et dont sa conscience peuplait ses rêves agités. Il le voyait en songe qui poursuivait la construction des *limes*, labeur inutile et insignifiant.

Pour ne pas dépérir face à cette immensité liquide qui les exténuait, François-Victor voulait traduire Shakespeare ! Il s'était lancé dans ce travail immense, à corps perdu, pour oublier qu'ils étaient désormais seuls, relégués sur ce rocher sauvage. Hélos, il lui manquait cette capacité à voir dans la nuit de l'âme ! Comment rendre les tourments du vieux Lear ? Les hésitations du prince du Danemark ? La folie des Macbeth, l'ambition criminelle de Richard III ? Comment décrire la tempête cosmique sous le crâne d'un vieillard rendu fou par son amour intransigeant pour ses filles ? Lui-même se trouvait face à un miroir quand il le lisait dans les traductions, médiocres de Benjamin Laroche ou François Guizot, copistes sans talent de Pierre Letourneur. Shakespeare est l'un de ces poètes qui se défendent le mieux contre les traducteurs, son fils compris ! Ah, il lui eût fallu vivre un grand drame, quelque amour tragique, la mort de son enfant, pour rendre la profondeur tragique du barde anglois !

Et Charles, son aîné, qui ne faisait rien ? Il voulait écrire ; folie après son père qui occupait toute la place. Où s'immiscer dans cette grande œuvre qui écrasait tout, le siècle compris ? C'était peine perdue, le fils ne l'ignorait pas. Quand il ne tenait pas les tables parlantes, il passait son temps à photographier l'île et ses habitants en compagnie d'Auguste Vacquerie, l'amant débouté des Adèle mère et fille qui, depuis la mort de son frère Charles, le mari de sa Didine, faisait partie de la famille Hugo. Les Charles et les Adèles se confondaient ; les vivants et les morts ! Charles photographiait les visiteurs de Marine Terrace, tous ces proscrits qu'il recevait pour les consoler ou les nourrir, plaçant sous l'œil révélateur de la *camera oscura* son père, sa mère, ses frère et sœur qui se prêtaient, avec plus ou moins de bonne grâce, à ces expositions longues, pénibles, pour un résultat médiocre. Tout semblait teinté de mélancolie sur ces portraits effrayants que lui et Vacquerie tiraient de leur appareil. À leur décharge, l'invention de Nicéphore Niépce n'en était qu'à ses balbutiements, même si Louis Daguerre l'avait rendue célèbre en l'adaptant pour le commun. Lui-même était un fanatique de la daguerréotypie ! Il se prêtait de bon cœur à toutes les expérimentations imagées de son fils, de Vacquerie, et même de François-Victor. Il voulait envoyer ses portraits partout en France, inonder l'empire depuis cette île minuscule, prouver à Badinguet qu'il était encore là, et qu'il faudrait compter avec lui pour longtemps ! Néanmoins il comprenait bien que sa fille Adèle s'en effrayât, et ne se portât jamais volontaire pour ces expositions intimes, à l'exception d'une fois, une seule, où l'on put la fixer sur une plaque photographique, la tête penchée comme une fleur mourante, le visage long et triste ! Elle, si belle à Paris, se fane à Jersey ! L'autre Adèle, son épouse, était enlaidie par ces daguerréotypes révélant leurs âmes, à défaut de les violer comme le pensait sa bécasse de fille. Front bombé, cheveux clairsemés, pareille à une sorcière touillant sa soupe de crapauds, telles étaient les images de son épouse adorée, de la femme qui l'avait rejeté et trompé avec l'horrifique Sainte-Beuve ! Quant à lui, tout aussi laid, il ne s'en cachait pas, l'âge ne l'ayant pas épargné – il ressemblait à une tortue chevelue, une étoile de mer, une grenouille visqueuse affublée d'un postiche en guise de chevelure –, juché sur le Rocher des Proscrits, il posait pour l'éternité, méditant sur le sort de la France !

Il se mit à rire comme un fou alors que le vent battait son paletot, le faisant voler derrière lui comme la cape d'un magicien. De crainte qu'il ne s'envolât, il dut enfoncer encore plus son chapeau mou sur son crâne tout en s'adossant lourdement contre le Dicq. Il avait engraissé à Bruxelles, à force de bières pour oublier son exil !

L'océan gonflait avec la marée et, s'il n'y prenait pas garde, il se retrouverait à nager avec les poissons fantastiques de cette Bible liquide ! Avait-il pensé assez de mal de ses enfants, de sa femme, de tous les êtres chers qui se sacrifiaient pour lui ?

Certainement.

Alors il se délivra de sa croix de bois pétrifié et s'en alla chez lui.

LA DAME BLANCHE

Elle était dans la serre, plongée dans une pénombre complète, assise sur le petit divan qu'il avait fabriqué de ses mains. S'il ne l'avait pas entendue respirer lourdement, il ne se serait même pas aperçu de sa présence. Elle pleurait, le visage dans son mouchoir. Il s'arrêta un long moment dans le vestibule pour reprendre son souffle, puis se décida à la rejoindre dans la nuit feuillue de cette jungle miniature qu'il avait fait pousser dès son arrivée à Marine Terrace.

Il se prépara à allumer une grosse lampe à huile.

— Non ! Je ne veux pas de lumière, lui dit-elle.

C'est à peine s'il avait entendu les mots prononcés dans le noir. Néanmoins, il reposa la lampe sur le guéridon en métal où il l'avait trouvée. Dehors, la tempête faisait rage. Il lui semblait qu'une armée déchaînée s'élançait sur un champ de bataille. La mer rugissait de toutes parts, assourdissante.

Elle soliloquait ou sanglotait dans la pénombre, comme pour répondre aux éléments en furie. C'est à peine s'il la voyait. C'est à peine s'il parvenait à saisir le sens de ses paroles noyées dans les larmes et le fracas. Un instant, il songea à fuir dans sa chambre et à s'y claquemurer pour la nuit. Las, il la rejoignit sur la méridienne montée de toutes pièces avec un vieux sommier rouillé et un matelas de jute recouvert de tissus damassés. Il avait un sens inné des mélanges, des couleurs hétéroclites, du mauvais goût qui impressionne. Il s'était imprégné du luxe tapageur qu'il avait vu dans les palais madrilènes quand il était enfant.

Sage et silencieux, il attendit dans le noir qu'elle lui adressât la parole.

— Tu étais où ?

— Chez Beauvais, le cabaretier. On jugeait un traître nommé Hubert.

— Je le sais. Les garçons sont rentrés tout à l'heure. Ils m'ont raconté que tu as sauvé la tête de ce monsieur qui avait vendu celles de ses amis à la police de Bonaparte.

— J'ai fait appel au bon sens de tous. On n'est jamais sûr de rien en ces affaires.

— Mais les lettres ?

— Rien ne prouve qu'il les ait envoyées.

— Et son voyage en France ? Les arrestations ?

— Nous sommes tous surveillés, Adèle, Hubert devait l'être lui aussi. Il a sans doute été suivi par la police de Bonaparte.

— Tu crois en son innocence ?

— Il fallait sauver sa tête, sauver nos âmes.

— Je suis sûre que tes discours les ont enchantés !

Il sentait du mépris dans ses paroles. Il ne le voyait pas, mais elle devait sourire dans le noir, l'air méchant. Il voulut se défendre de cette attaque.

— Au moins, il n'est pas mort, dit-il.

— S'il est coupable de ce dont on l'accuse, ils le tueront.

Une violence sourde l'agitait qui s'accordait avec la violence des éléments. Il sentait monter la colère chez cette femme qu'il croyait connaître.

— Mais ensuite ?

— Ensuite ?

— Tu as fait quoi après le procès ? Tu étais où ?

— Sur la grève d'Azette. J'avais besoin de prendre de l'air.

— Ne mens pas ! Tu étais chez ta « comédienne » !

Elle l'appelait ainsi pour marquer son mépris envers cette femme qu'elle considérait au-dessous de sa condition. Une comédienne !

— Je n'étais pas chez Juliette Drouet. Je ne serais pas rentré sinon.

— Oh, tu peux bien passer ta vie chez elle ! Rejoins-la une fois pour toutes. Et laisse-nous en paix !

— Je devrais, oui…

D'habitude, il préférait éviter de répondre à ses attaques, feutrées ou directes. Mais, cette nuit, la tempête le rendait téméraire, le vent le rendait fou.

Sa réponse à elle ne tarda pas.

— Tu es abject !

— Je ne l'étais pas avant…

Elle avait bien raison : il était un monstre d'égoïsme. Un homme qui absorbait tout autour de lui, captait toute l'attention de ses proches. Il réclamait et obtenait plus que son dû, n'offrant jamais rien en retour. Des poèmes, des lettres en échange, ce dont ne se satisfaisait plus Adèle depuis deux décennies, après la naissance de sa dernière fille, l'autre Adèle, tout aussi folle que sa mère. De toute façon, les poèmes étaient destinés à Juliette ou à Léonie. Ces dernières avaient été de moins en moins gratifiées depuis la mort de Léopoldine. Dorénavant, Léopoldine serait l'unique destinataire de son art arrivé à sa perfection. Tout avait tendu vers ce but unique : la glorifier, elle !

— Avant quoi ? demanda-t-elle en élevant la voix.

Il ne dit rien, ne voulant pas attiser le feu de sa colère.

— Oserais-tu m'accuser alors que tu sors de chez ta p... ?

Le grondement sourd de l'océan recouvrait leurs voix, sa voix à elle qui montait de plus en plus haut comme une vague scélérate qui devient montagne. Par bonheur, leurs enfants, à l'étage, ne les entendraient pas. Ils pourraient bien crier et hurler, personne ne les entendrait tant la violence de la tempête au-dehors, sur l'océan, dans le ciel, était extrême. Ils étaient pris dans un ouragan sonore inouï qui lui rappelait la *Symphonie fantastique*. Une apocalypse qui les noyait dans sa furie. Hector Berlioz lui manquait dans ce Sahara marin où la seule musique était celle de l'océan. Hector s'était souvent inspiré de ses poèmes. Tous deux admiraient Goethe et Shakespeare, Beethoven, Weber et Gluck, Dante et Virgile. Le musicien s'était emparé du *Dernier Jour d'un condamné* pour son *Lélio* dont les monologues empruntaient aux rythmes de sa prose. Il ne s'en cachait pas d'ailleurs ! Ils avaient ensuite travaillé avec Louise Bertin à la composition d'un opéra tiré de *Notre-Dame de Paris*.

Il avait écrit le livret, Louise la musique. Hector l'avait aidée à diriger les répétitions parce qu'elle ne pouvait se tenir debout sans ses cannes. Jusqu'au soir de la première, il avait cru que leur opéra allait triompher ! Mais Hector avait raison : les poètes n'entendent rien à la musique. Dans sa bonté, il avait essayé de ménager ses espérances. L'échec retentissant de l'opéra l'avait détourné de renouveler l'expérience, même avec le grand Hector Berlioz.

À présent, il refusait de voir ses œuvres dénaturées par la musique ! À l'avenir, il se l'était promis, aucun musicien ne détruirait ses cathédrales comme *Notre-Dame de Paris* ou *Les Misérables* qu'il songeait à reprendre si seulement les proscrits et leur Hubert, ses enfants, Juliette et Adèle lui en laissaient le loisir !

En 1848, il s'était battu pour que Berlioz conservât son poste de bibliothécaire du Conservatoire. Hector s'était rangé ensuite derrière l'usurpateur. Il lui en avait voulu. L'exil à Jersey les avait définitivement séparés.

Adèle trouvait Berlioz grossier, bourru, peu aimable. Il l'avait défendu contre elle et contre tous ceux qui crachent sur le génie.

— Je ne t'accuse de rien, lui dit-il à voix basse, suppliante presque. Mais n'insulte pas Juliette. Tu sais que je l'aime comme je vous aime, toi et les enfants.

Elle se mit à rire.

— Tu n'aimes personne, Victor ! Ou alors tout le monde, ce qui revient au même.

— Tu me fais porter tout le fardeau de sa…

Il s'interrompit et dit à la place, sans trop y croire :

— Je n'ai jamais cessé de t'aimer. Tu m'as banni de ton cœur !

Elle n'était pas dupe du ton mélodramatique de son mari.

— C'est ma faute. Voilà qui explique tout, Victor. Tu te réserves toujours le beau rôle. Je suis certaine que tu as fait des merveilles ce soir devant ton auditoire de proscrits. Le grand Hugo défendant une pauvre âme égarée ! Applaudissez-le, mesdames et messieurs !

Quelque chose en lui se révoltait devant la mauvaise foi de sa femme. Il se souvenait encore, terrible morsure, de la froideur qui s'était installée entre eux après la naissance d'Adèle. De la manière brusque dont elle lui avait refusé sa couche. Les portes fermées, les dérobades, les sarcasmes comme ce soir. Il avait été humilié par sa jeune femme qui lui avait tourné le dos, refusant ses avances, dédaignant ses compliments, ses gestes de tendresse, son amour de paladin. Il le lui dit, là, dans cette tempête qui, si elle ne cessait, recouvrirait toute l'île.

— Je t'avais donné cinq enfants. Que voulais-tu de plus ? C'est plus qu'une femme ne peut offrir à son époux ! Mais ce n'était pas assez pour le grand Victor Hugo ! Toujours plus, allons, poussez, mesdames ! Je serais morte en couches pour satisfaire mon égoïste mari ! Je ne m'inquiétais pas, tu aurais eu le veuvage joyeux. Quelques poèmes de circonstance et puis à la suivante !

Elle avait raison. Brave, elle avait résisté à cinq accouchements successifs. Un exploit quand tant de jeunes femmes mouraient après leur première ou seconde grossesse de fièvre puerpérale quand elles ne saignaient pas à mort. Elle avait dû ressentir de la crainte quand il l'approchait pour l'aimer. Il ne l'avait pas compris à l'époque. Il était trop jeune pour saisir qu'Adèle avait peur de ne pas voir grandir leurs enfants. Dans son esprit craintif, il était devenu son bourreau, l'homme masqué à la cape de cuir rouge, à la hache effilée. Il chercha à se défendre pourtant, emporté par ce mauvais esprit qui nie. Peut-être ressentait-il encore de l'amour pour cette femme assise dans la nuit, cette femme qui n'était plus que l'ombre de la jeune fille épousée au sortir de l'enfance.

— Tu m'as tout refusé, ton cœur, ton lit, le réconfort de tes bras ! J'étais seul.

Il était encore blessé par la fin soudaine de leurs amours enfantines.

Quant à elle, elle en avait eu assez, c'est tout. Porter ou donner la vie, la mort parfois, est une joie et une angoisse que les hommes ne comprendront jamais. Elle avait accompli son devoir d'épouse : lui donner une descendance à son image.

— Tu t'es vite consolé, il me semble.

Juliette. La seule, l'unique Juliette. Pas les autres, elle n'en avait cure. Pas Léonie d'Aunet, la scandaleuse, pas les comédiennes, innombrables, à l'instar d'Ozy qu'il avait volée à Charles, ni même des domestiques qu'elle devait renvoyer les unes après les autres de crainte qu'elles ne fussent engrossées par son satyre de génie. La dernière en date, leur cuisinière ! Seule Juliette comptait. Elle l'avait remplacée dans le cœur de son mari ; elle le lui avait arraché corps et âme.

— Et Sainte-Beuve ?

Il continuait à jouer sa partition, à dire ses lignes de dialogue écrites par le bon dramaturge qu'il avait été.

Cet ami l'avait trompé de la plus ignoble manière ! Pendant de longs mois, il avait courtisé Adèle, à son insu, lui rendant visite chez eux. Au prétexte de leur amitié, il s'était faufilé comme le serpent dans son Jardin d'Éden ! Et il s'était emparé de son épouse. Sa pomme d'amour n'avait pas beaucoup résisté. C'était ridicule, bien sûr. Il en riait presque tout en déroulant encore et encore le fil de son cocuage. Parbleu, il n'en avait rien su pendant des mois, se demandant avec une naïveté surprenante pourquoi son épouse adorée ne le recevait plus dans leur chambre ! Quel sombre idiot ! Et puis il avait rencontré Juliette au théâtre : une fille du peuple, une fille perdue ; il avait payé toutes ses dettes, chassé ses amants, fait le vide autour d'elle. La pauvre enfant lui avait ouvert les yeux sur la farce de son mariage. Il avait enfin compris ! Il était tombé des nues ! Sainte-Beuve, cet eunuque, couchait avec son Adèle ! Il se demandait comment, la nature ayant fort dépourvu son rival, disait-on…

— Il ne se réfugiait pas dans son cabinet pour écrire toute la journée avant de venir me labourer au coucher. Sainte-Beuve m'écoutait. Je n'étais pas cette chose à aimer bêtement, et à féconder comme une génisse !

— Prendre un amant impuissant pour te venger. Tu me hais, Adèle !

— Je ne te hais point !

— Je te suis devenu odieux, je le sais. Pourquoi m'as-tu rejoint en exil ? Je ne comprends pas. Tu aurais pu rester à Paris, gérer nos biens. Te garder de ma présence.

— Je suis venue afin que l'on ne dise pas que l'épouse de Victor Hugo l'a abandonné à son misérable sort ! Un sort mérité !

— Tu as eu pitié de nous…

Elle secoua la tête vigoureusement. Il vit l'ombre frotter contre l'ombre, ses cheveux dressés sur son front dégarni, son visage vieilli, creusé par l'âge et les peines. Que restait-il de la jeune fille qu'il avait aimée dans leur jardin des Feuillantines ? Que reste-t-il de sa jeune épouse aux bras d'or et d'argent ? Quelques poèmes, voilà tout.

— Je suis venue à Jersey parce que tes fils t'admirent. Ils t'auraient suivi en enfer ! Je me dois de les protéger de ta folie !

Elle se tut, le temps de charger ses mots comme on recharge un pistolet.

— Mon cher Victor, tu es comme ce vieillard errant sur la lande, abandonné de tous, à demi fou, parce qu'il a exigé de ses filles qu'elles lui prouvent leur amour. Ce vieux fou a marchandé la seule chose au monde qui n'a pas de prix… Tu es ce marchand des âmes et des cœurs.

— Lear ne croit pas en Dieu !

— Toi non plus, tu ne crois en rien ! Ton dieu est inconsistant… Le Tout dans le Un et le Un dans le Tout ! Une ineptie. Tu penses t'attacher les gens en les rétribuant ! Tu donnes un peu pour recevoir beaucoup.

— Je ne suis pas… Tu me hais si fort que tu oublies tout ce que nous avons traversé ensemble.

Dehors le vent soufflait encore plus ardent sur cette douleur que le temps n'avait pas apaisée. Il se souvenait de l'homme de trente ans que l'amour désertait après une longue bataille menée contre sa famille. Il s'était opposé à tous pour l'épouser. À son frère aîné, Abel, qui refusait cette mésalliance - il le voyait marié à une aristocrate -, à Eugène, le puîné, qui la convoitait en secret et que leur mariage précipiterait dans la folie. Longtemps, il s'était demandé si le prix à payer pour son amour n'avait pas été exorbitant. Il avait surtout désobéi à Sophie Trébuchet, sa mère, qui ne la trouvait ni belle ni assez dotée. Heureusement, elle était morte. Et le mauvais fils lui avait désobéi par-delà le tombeau ! L'amour, égoïste, piétine tout sur son passage : amis, famille, convenances. Il détruit également ceux qui se sont aimés trop jeunes, ou trop tard. C'est pourquoi il avait été si réticent à laisser Léopoldine épouser Charles Vacquerie. Il les avait fait attendre, prolongeant leurs fiançailles pour éprouver leur lien. Ils avaient surmonté l'épreuve ; et ils étaient morts. Comme tout cela était vain, stupide :

LO QUE HA DE SER
NO PUEDE FALTAR

Et, maintenant, il se sentait bien seul à Jersey, accompagné de cette triste épouse qui le déteste et cherche à le fuir sans pouvoir le quitter. Il se sentait triste en dépit de sa deuxième épouse, la « comédienne », comme elle la nommait avec beaucoup de mépris. Triste avec ses enfants qui le consolaient de tout le reste mais le quitteraient à leur tour. Il savait d'instinct, il l'éprouvait bien à son égard, que le plus grand reproche d'Adèle ne portait pas sur ses amours, ses infidélités sans nombre, mais sur la mort de Léopoldine. Il n'avait pas su la protéger. Elle le haïssait pour cela.

— Je t'avais supplié de ne pas lui donner le prénom de Léopold, finit-elle par dire dans un souffle d'agonie.

Il s'était entêté, après la mort de son premier enfant, à donner le même prénom à sa fille, pensant que le vif chasserait le mort. Il s'était trompé : le petit Léopold avait entraîné sa sœur dans le tombeau !

— Je me suis trompé. D'une âme à l'autre… Mes pauvres enfants… Ils se sont perdus dans les ténèbres…

Il pleurait en convoquant le souvenir du petit Léopold, qu'il avait à peine tenu dans ses bras, et de sa fille qui s'était noyée.

— Je t'avais supplié de ne pas partir après leur mariage. De rester près d'elle. Elle t'aimait tant, la pauvre chérie. Tu lui as brisé le cœur en la quittant pour ta « comédienne ». En voyage de noces en Espagne ! Et quand elle s'est noyée, tu jouais, heureux comme un roi, avec cette…

Elle prononça ce mot terrible qui se perdit dans le bruit infernal de la mer. Suivi d'autres mots qu'il eût préféré ne pas entendre sur la mort de Lépoldine, sur cette grande douleur qui était sienne et qu'elle flétrissait à dessein. Il entendait pourtant sa tristesse infinie de mère chargée de réconforter seule ses enfants, puis d'aller, seule encore, identifier le corps froid et livide de sa fille, de son Ophélie flottant dans sa robe blanche. Puis elle s'était enfuie, refusant de la voir enfouie dans la terre noire, engloutie une deuxième fois.

— Nous t'avons attendu, les enfants et moi. Tu n'es jamais venu, jamais !

Il les avait finalement rejoints à Paris, mais elle avait raison, bien trop tard. Léopoldine avait été enterrée seule, sans famille pour l'accompagner dans le tombeau, sans lui qu'elle avait adoré.

Il pleurait avec le vent qui soufflait sur leur maison ; il pleurait avec la pluie qui fusillait les vitres de la serre, salve après salve ; il pleurait avec la tempête qui rugissait, soulevant l'océan jusqu'à des hauteurs inouïes, cet océan qui menaçait à présent d'effacer leur tout petit monde.

Des éclairs, rapides, aveuglants, vinrent fendre l'ombre noire qui les enveloppait dans son lourd manteau de Chine, tels deux étrangers engloutis par le chagrin, uniques survivants d'un holocauste.

Il se leva avec peine, se dirigea vers le guéridon en fer. Il alluma la lampe pour chasser ces ténèbres dressées autour d'eux comme les soldats d'une armée.

Effrayée par la lumière, honteuse peut-être de ce qu'elle lui avait dit, elle se voila le visage avec sa mantille, un visage baigné de larmes, et sortit en courant de la serre. La maison obscure l'engloutit comme la gueule d'une baleine. Il crut entendre ses pas étouffés dans l'escalier, puis plus rien. Elle avait disparu. Sombre rêve.

Une vague de soulagement le parcourut alors. Enfin, il était seul. Sans juge, sans bourreau pour lui enfoncer des aiguilles sous les paupières. Seul, face à cette nuit sans fin, son âme tourmentée et aveugle. Ce bruit de la mer toujours entendu, il respirait enfin. Caressant, doux bien que violent, le chant de l'océan l'apaisait, le consolait.

Elle avait tort de l'accabler. Animal pris au collet, il essayait de s'extirper de toutes ses forces de ce piège mortel façonné avec les mots lancés par sa braconnière de femme. Ces mots dont il fut jadis le maître incontesté. Cela ne comptait plus à présent, ils étaient devenus des maux qui l'accablaient puisqu'ils naissaient de la bouche d'Adèle, mère accusatrice, vindicative, sûre de son bon droit, qui doublait l'ombre de Sophie Trébuchet, sa propre mère enveloppée de ténèbres, prête à surgir à son tour de sa tombe pour le condamner.

Il avait beau ignorer cette malédiction des mères, il ne pouvait se soustraire à cette douleur térébrante qui fouaillait son âme avec une dague chauffée à blanc. Oui, il avait été coupable d'adultère. Plus que tout, il avait défié ce Dieu terrible de l'Ancien Testament en cherchant à Le tromper. Adèle aussi l'avait trompé ! Elle avait été maudite. Il avait joué au malin avec le Seigneur de Jonas, de Job, d'Abraham ! Cet Éternel qui ne se satisfaisait pas de l'adoration de ses sujets, les châtiait pour les soumettre, les éprouvant au-delà de toute douleur ! Ce

Dieu irascible l'avait terrassé à son retour d'Espagne, le réduisant à rien. Il traînait depuis sa peine sur cette île inhospitalière, dernier cercle de son enfer intime ! C'est ce qu'Adèle venait cruellement de lui rappeler. Il avait sacrifié sa fille à son Dieu !

Chancelant, il remonta vers sa chambre en se tenant à la rampe de l'escalier. C'était de nouveau un petit vieillard défait, courbé sous le poids des ans et des malheurs, qui gravissait lentement les marches un peu trop hautes de sa maison. Il maudit l'architecte qui avait œuvré à Marine Terrace, en dépit du bon sens. Quand il poussa la porte de sa chambre, elle était plongée dans la nuit. Il se dirigea à tâtons vers son bureau. Il s'apprêtait à allumer sa lampe lorsqu'une étrange lueur, douce, changeante, éthérée, l'en dissuada. Des feux de Saint-Elme ! Depuis ses fenêtres, ils explosaient sur les murs blancs de sa chambre, les peignant de mille chatoyances.

Zébré d'éclairs, le ciel avait des teintes étranges et belles comme en haut des mâts des navires en pleine tempête, phosphorescentes lueurs, passant du gris au mauve, du noir au blanc qui éclataient quand la foudre tombait dans la mer en un fracas si extraordinaire qu'il l'assourdissait pendant quelques secondes. Le plus prodigieux était que ses enfants dormaient à poings fermés, ignorants de la tempête qui le dévastait et l'illuminait à la fois. Seule Adèle devait encore veiller après leur conversation, mais il ne la rejoindrait pas. À quoi bon ?

Il resta là, interdit, devant ce ciel qui se fendait devant ses yeux. Ce spectacle extraordinaire lui rappelait son enfance quand, avec ses frères Abel et Eugène – le petit Eugène pleurait en entendant les explosions –, ils allaient voir tirer les feux d'artifice sur le Champ-de-Mars, saluant les victoires de l'Empereur, alors à l'apogée de son destin, et déjà si proche du gouffre, au grand dam de leur mère qui les grondait dès leur retour. Hypnotisé par cette symphonie fantastique, il se dirigea vers les fenêtres à petits pas et colla son nez d'enfant sur la vitre glacée afin d'absorber toute la puissance majestueuse de la Nature qui se manifestait devant ses yeux écarquillés. L'Un dans le Tout, et le Tout dans l'Un. Voilà ce qu'il avait toujours cherché à exprimer et que ne saisissaient pas ses proches.

Tout se tenait, tout était lié par ces forces immenses à l'œuvre dans le ciel et au-delà du ciel, vers ces constellations dansantes qui charmaient ses yeux les nuits sans nuages, mais aussi vers celles, infinitésimales, qui s'agitaient sous la surface marine quand il nageait, courants arquant les algues bleues frôlées par ses membres pendant qu'il évoluait dans l'eau profonde. Cette agitation inconnue, vitale, donnait naissance aux espèces de poissons innombrables qui grouillaient sous les mers : mollusques aux géométries variables qui répondaient aux géométries spatiales des nébuleuses : l'écho immense des instruments d'un orchestre divin, à l'instar de ces étoiles de mer qui, dans son esprit, calquaient celles au ciel ; de ces hippocampes délicats mirant les chevaux sur la terre ; et que dire de ces anguilles, serpents noirs incrustés dans la roche dont les équivalents terriens se faufilaient dans les herbes hautes, sous les pierres brûlantes du Sahara, ou dans les ravines provençales ? Et les conques étranges où se réfugiaient les créatures les plus laides de la création comme ils se réfugiaient, eux, laids et emplis de fiel, dans leurs maisons pour dérober à la vue leurs âmes noires ?

Manifestations infinies de toutes les formes, vivantes et inanimées. Oui, les montagnes étaient vivantes, les feuilles des arbres vivantes, oui, toutes les formes aquatiques, terrestres et extraterrestres, étaient sans exception animées par l'âme du grand Tout, du Plein et du Vide, alternés l'un dans l'autre, qu'on les appelât Dieu ou le Créateur, ou le grand Principe, ou l'Éternel retour cher aux brahmanes. Oh ! rien n'échappait à la vie, rien n'échappait à la mort non plus qui était la vie continuée par d'autres voies ; rien n'échappait à ce Dieu capable de toutes les formes jusqu'à épouser la forme même de l'univers ! Ce Dieu n'avait rien à voir avec le dieu inepte qu'adoraient ou abhorraient ses semblables, à l'image de l'archevêque de Paris sanctifiant l'Usurpateur. Ce Dieu de comédie dispensait ses bienfaits ou ses fléaux comme un Père récompensant les plus dociles, châtiant les plus rebelles ! N'y avait-il par cru lui-même à ce Père indigne, égaré qu'il était dans la forêt des apparences, perdu au milieu du chemin de sa vie ? N'avait-il pas pensé que ce Dieu l'avait puni pour avoir batifolé avec Juliette, pour l'avoir aimée plus que sa légitime épouse ? C'est ce qu'il avait cru longtemps, c'est ce que croyait encore la pauvre Adèle, prisonnière des anciennes formes qui la retenaient enclose dans son chagrin.

Devant ce spectacle inouï de la Nature dévorante et vagissante, l'évidence s'imposait : il s'était trompé ! Il s'était attaché à des détails, cherchant des preuves où il n'y en avait pas. Il en était persuadé depuis qu'il avait été jeté sur cette île au milieu de l'océan ! On avait voulu lui enseigner quelque chose, par la force de l'expérience, par la douleur de l'exil ! C'était pour son âme une consolation, l'inébranlable et ferme certitude que rien n'avait été vécu en vain puisqu'il était, pour un temps donné, le réceptacle de cette Vérité qui brûlait dans le ciel et s'agitait dans les fonds caverneux de la mer.

Et Léopoldine dans tout ça ? Où se cachait-elle ? Elle était venue aux tables pour leur parler. Elle se trouvait donc quelque part ; son âme voyageait, voyageait, exquise, frêle, immortelle !

Au moment précis où il se posait cette question et y répondait, il vit en contrebas du chemin, non loin de la digue, une forme blanche qui allait et venait, flottant au-dessus de la terre. Son cœur se serra, puis se mit à battre follement. Sa tête allait exploser, frappée par la foudre qui venait encore d'éclater sur cette mer émeraude, au loin, l'illuminant. C'était bien elle, cette apparition, cette dame Blanche qui contenait sa fille et sa mère : elle lui faisait signe de l'au-delà.

Oh, il voyait enfin ! Le poète était bien ce voyant qu'il appelait de tous ses vœux, ce messager de l'au-delà dont la destinée était d'éclairer le monde. Il écrirait ses livres pour délivrer ses semblables de la nuit, enchaînés aux misères du monde, craintifs et apeurés. Il les guiderait à travers les méandres de l'Histoire, leur apprendrait à se défendre contre les sorts contraires. Et quant à la mort, elle n'existait pas ! Elle était cet ultime dévoilement, cette libération de l'âme immortelle qu'il sentait en lui emprisonnée telle une colombe dans un grenier, attendant le moment propice pour s'envoler.

La dame Blanche se dissipa comme un songe. Il quitta la fenêtre et se dirigea vers son lit. Il s'allongea, tout habillé, et s'endormit.

Pendant son sommeil fiévreux, proie de ténèbres agissantes, il entendit une voix lointaine, mêlée au fracas de l'océan.

« Père ! Père ! Viens me chercher ! » disait-elle.

Il sentit son lit s'envoler pour voguer sur cette nuit du songe ; enfin il n'entendit ni ne sentit plus rien.

CONFRONTATIONS

Il n'aimait pas être dérangé le matin alors qu'il se préparait à écrire. Il n'aimait pas être dérangé le matin même s'il n'écrivait pas et passait son temps à rêvasser. C'était le moment de la journée où son désir de solitude et de paix était à son acmé ; et quand bien même aucun vers ne venait taquiner sa plume, il restait là, assis, recueilli, dans un silence monacal jusqu'au déjeuner où il émergeait enfin de sa douce et mélancolique torpeur.

L'homme se tenait face à lui, assis dans le *parlour* de Marine Terrace, une pièce sans fenêtre et sans charme du rez-de-chaussée, où il recevait surtout les importuns, à l'instar de ce louche personnage qui l'indisposait au plus haut point.

— Je me suis permis de vous rendre visite parce qu'il y va de l'intérêt supérieur de la France.

— De quel intérêt parlez-vous, monsieur le vice-consul Émile Laurent ? Celui de la France ou de votre Bonaparte ?

— Les deux sont mêlés, ne croyez-vous pas, Victor Hugo ? Un grand poète comme vous ne peut ignorer ce genre de choses.

Il le prenait pour un imbécile ! Il avait remarqué très jeune que les sots maniaient le compliment à double tranchant pour vous rabaisser. C'est la marque de ces êtres stupides, à l'instar de ce vice-consul Émile Laurent, comme de bien des hommes de pouvoir. Quand ils cherchaient à se mesurer à vous, ils prenaient cette posture de fausse humilité qui ne trompait personne. Dans le fond, ils étaient convaincus de leur supériorité, une supériorité octroyée par la puissance publique, par l'argent, la naissance, le talent, mais jamais par le génie. Le génie est humble, le génie doute, s'interroge. Dans ses *Misérables* – il avait repris l'écriture de son grand roman sur l'injonction du spectre de sa mère –, il s'attachait à dépeindre ce type d'individu, illustré à merveille par le vice-consul Émile Laurent qui s'agitait beaucoup à Jersey, talonnant les proscrits, n'ayant de cesse de répandre les pires ragots à leur sujet, rédigeant des rapports fantaisistes qu'il envoyait ensuite à Paris.

Dans ce roman, il lui donnerait les traits d'un policier, l'inspecteur Javert, une gueule ouverte sur l'abîme. Garde-chiourme devenu agent, aboyeur sans esprit qui traquait le bien autant que le mal ! Cet ergoteur face à lui, assis sur sa chaise de paille, invité malgré ses hôtes, lui fournissait une matière précieuse comme le baron Thénard le fit pour l'autre personnage ignoble de sa Divine Comédie des pauvres. Pour cette raison, il l'écoutait avec une grande attention alors qu'il eût pu le chasser de sa maison comme on chasse une mouche, à coups de torchon. Cette bête de fonctionnaire l'intriguait autant qu'elle lui répugnait. Elle était l'incarnation du devoir, de l'obéissance aveugle à la loi, alors que cette loi avait été trahie par l'homme qui en était le gardien supposé, ce tyran de Boustrapa.

— Puis-je vous poser une question, monsieur le vice-consul ?

Il mit de l'emphase en prononçant le titre ridicule de son interlocuteur.

— Mais je vous en prie, Victor Hugo.

— Où se trouve l'intérêt de la France quand celle-ci est trahie tous les jours par votre petit maître ?

Son interlocuteur grimaça. Le vice-consul faisait tout pour intercepter son *Napoléon le Petit* et ses *Châtiments*, en pure perte le plus souvent. Des caisses remplies de ses précieux ouvrages débarquaient tous les jours sur les plages de Normandie. À sa réaction outrée, il comprit qu'il lui en avait cuit à Paris, dans les couloirs des anciennes écuries de la reine, auprès de ces petits maîtres raisonneurs et stupides qui se délectaient de ses rapports envoyés sur le poète Victor Hugo. Un vice-consul n'est rien d'autre qu'un pion sur cet échiquier de la bêtise qui représentait piètrement la France à l'étranger. On pouvait l'échanger à tout moment, un petit inquisiteur en col de soie chassant l'autre. Ce que craignait le plus cet homme engoncé dans son pardessus gris, peigné comme il faut qu'on se peigne, chaussé de beaux souliers expédiés exprès de Paris et que la boue devant Marine Terrace, à son grand désespoir, venait de crotter. Sous cette mise de demi-mondaine, se cachait un gredin de la pire espèce, un Carlos Herrera en habits de moine, un vice-consul de campagne faisant la chattemite devant le grand écrivain qu'il méprisait en raison même de cette grandeur inatteignable pour lui. C'était l'un de ces cancrelats envieux qui grouillent dans les sous-sols des ministères. Le grand écrivain se devait de ménager ce cloporte, capable de toutes les vilenies par raison d'État. Juliette le mettait souvent en garde contre le vice-consul Émile Laurent et ses nuisibles acolytes : les mouches de Bonaparte s'étaient répandues sur Jersey comme des criquets sur un champ de blé. On croit que l'arbitraire est le fait des puissants ; il est surtout l'œuvre obscure des tièdes.

Il n'empêche, comme à son habitude, Totor ne chercha pas à ménager la fripouille venue l'interroger sur Hubert. Émile Laurent s'était présenté le matin même à la prison de Jersey, lui avait appris Charles. Aux dires de l'officier du connétable, M. Philippe Asplet, il s'y était scandalisé de ce qu'on avait arrêté un Français de manière arbitraire ! M. Philippe Asplet l'avait reçu et lui avait expliqué que le sieur Hubert avait été écroué pour dettes et que si monsieur le vice-consul Laurent souhaitait les régler, le prisonnier serait à lui ! Émile Laurent se défila lâchement, trop heureux d'épargner sa solde de fonctionnaire qui lui permettait de payer son habit et ses souliers chez les meilleurs artisans de Paris.

— Au fait, monsieur le vice-consul ! Quel est le but de votre visite ? Le temps me manque pour échanger des calembredaines avec vous. Voulez-vous que je lise et amende vos rapports à vos supérieurs ?

— Je viens vous mettre en garde, Victor Hugo. Vous allez trop loin !

On sentait bouillir la colère sous la surface policée du vice-consul. Il leva même le doigt comme un précepteur chapitrant son élève.

— Me voici mis en garde ! Sous mon propre toit ! Rassurez-moi, monsieur Laurent, vous n'allez point me mettre à la porte de chez moi ?

Et il se mit à rire, de ce rire puissant et fou qui effrayait ses proches. Se trouvait dans ce rire féroce toute la comédie de sa vie et qui éclatait à la face du fonctionnaire. Elle dépassait ce dernier par sa démesure, lui qui était la personnification de la mesure et de l'ordre. Le vice-consul Émile Laurent voulut se défendre contre ce rire ; c'était une attaque dirigée contre lui, contre ses souliers crottés, contre sa mine défaite. En était-il si certain d'ailleurs ? s'interrogea-t-il en s'inspectant de pied en cap. Et si ce rire tonitruant, hénaurme, quasi océanique, ne lui était point destiné ? Et s'il s'était mépris sur ce soudain éclat qui ne visait personne en particulier ? Le colosse se riait de l'univers peut-être ? De Dieu ? Qui sait ? Il n'empêche, il perdit le peu de crédit qui lui restait face à ce comédien immense en sortant de ses gonds, heurté par la réaction de son hôte, comme si toute son éducation ne lui avait servi de rien. Il devint, malgré lui, le Cassandre de cette arlequinade. Il se dressa sur ses souliers, fit tomber sa chaise, et, comme la poule à la vue d'un renard, se mit à glousser et à pousser des cris aigus en s'agitant ses bras dans tous les sens. En un mot comme en trois, il se ridiculisa.

— Vous n'êtes pas chez vous, pas plus que moi, mais un invité de Sa Majesté la reine Victoria, ne l'oubliez pas, Victor Hugo ! hurla-t-il au visage de son hôte. Je suis moi-même l'humble serviteur d'une cause et d'une politique qui nous dépassent tous !

Il l'avait mis hors de lui, et s'en félicitait. Les hommes de son espèce crèvent de ridicule. Le vice-consul n'en dormirait pas de la nuit, même après avoir rempli de fiel son rapport à ses supérieurs. Pourtant ce cauteleux ridicule, échevelé par cette soudaine colère, commençait à l'agacer.

— Je n'ai cure de vos menaces, Émile Laurent, vice-consul de Sa Majesté des mouches. Pourquoi m'importuner chez moi ? Je ne vous y ai pas invité, que je sache !

Le vice-consul voulut se rasseoir sur sa chaise et tomba à la renverse. Le visage empourpré, il se releva et ramassa son siège en tremblant.

— Je me chagrine de ne point faire partie de vos proches, il est vrai. La fine fleur de la France en exil ! lança-t-il, méprisant.

— Le but de votre visite, s'il vous plaît ?

— Eh bien, on vous a vu au procès d'Hubert, chez cet aubergiste ! Cette parodie de justice ! C'est indigne de vous, Victor Hugo ! Indigne !

— Vous y étiez ?

— Non.

— On vous l'a donc rapporté.

— Oui.

— Vous êtes une fine mouche, monsieur le vice-consul. Je n'en ai jamais douté.

— Vous m'insultez ?

Il ne répondit pas.

— Je vous mets en garde, Victor Hugo !

— Vous vous répétez. Nous ne sommes pas encore sourds chez les Hugo.

— Vous ne devez pas vous mêler de ces affaires. Abandonnez Julien Damascène Hubert à son destin, détournez-vous de cette clique de révolutionnaires enguenillés. Vous ne faites pas partie de leur monde, vous ne le ferez jamais, Victor Hugo. Vous êtes un grand poète, et la France a besoin de vous. Dites-moi quel peut bien être votre intérêt à fréquenter des êtres tels que Seigneuret ou Joseph Cahaigne ? Des enragés !

— Je les admire. Ils ont dit non à l'infamie du Deux décembre ! Ils ont dit non à votre maître.

— Ce sont des terroristes ! Ne vous approchez plus d'eux, ou vous serez assimilé à leurs agissements. La reine Victoria vous chassera de Jersey, je vous le garantis ! Où irez-vous ensuite ? Chez les Indiens d'Amérique ?

— Vous me faites peur, monsieur le vice-consul. Cet Hubert, c'est donc la raison de votre visite ?

— En effet, Julien Damascène Hubert n'appartient pas aux proscrits. Il appartient à Sa Majesté l'empereur Louis-Napoléon Bonaparte. Ce n'est pas à vous de le juger ni de le condamner !

Puis, recouvrant son sang-froid :

— Je vous remercie d'avoir sauvé sa tête. Vous avez servi la France.

— Je suis contre la peine de mort. C'est tout. Je suis bien le seul. À l'évidence, la tête d'Hubert vous importe plus que les mille qui tombent en ce moment en France.

— Comme vous exagérez, Victor Hugo ! L'empereur gracie la plupart des conjurés. Il serait prêt à vous absoudre sur-le-champ. Un mot de vous, l'affaire est entendue.

— Quand il ne les envoie pas en Algérie ou à Cayenne !

— Ce sont des enragés qui peupleront les colonies françaises. Vous-même, vous vous êtes prononcé en ce sens à l'Assemblée, si ma mémoire est bonne ! Nous lisions vos discours. Napoléon Bonaparte n'a fait que vous écouter. Il applique vos généreuses idées sur la colonisation de l'Algérie.

Le vice-consul n'avait pas tort, il ne s'était jamais opposé à la conquête de l'Algérie où il n'avait jamais mis les pieds. Pourtant, les histoires que lui avait racontées le général Le Flô, son ami proscrit, lui avaient hérissé les cheveux sur le crâne, comme après dîner, un soir :

« Dans les prises d'assaut, dans les razzias, il n'était pas rare de voir des soldats jeter par les fenêtres des enfants que d'autres soldats en bas recevaient sur la pointe de leurs baïonnettes. Ils arrachaient les boucles d'oreilles aux femmes, et leurs oreilles avec, ils n'hésitaient pas à leur couper les doigts des pieds et des mains pour prendre leurs anneaux. Quand un Arabe était pris, tous les soldats devant lesquels il passait pour aller au supplice lui criaient en riant : *Cortar cabeza*. Le frère du général Marolles, officier de cavalerie, reçut un enfant sur la pointe de son sabre. Il en a du moins la réputation dans l'armée et s'en est mal justifié. Atrocité du général Négrier, portant bien son nom. Du colonel Pélissier, les Arabes fumés vifs dans les grottes du Dahra où ils s'étaient réfugiés avec femmes, vieillards et enfants. On les enferme dans des grottes avec leurs familles et on les asphyxie par le gaz des incendies. C'est l'une de ces belles inventions de Bugeaud pour faire mourir en masse les Arabes. »

Le vice-consul l'avait acculé dans ses derniers retranchements. Il chercha à se défendre à son tour :

— Je voudrais placer le peuple de France en premier. L'éduquer, éduquer ses enfants, leur apprendre à lire et à compter. Au besoin, l'envoyer coloniser l'Algérie. Déverser ce trop-plein dont la France ne sait que faire sur la terre d'Afrique où il sera absorbé, où il pourra régner sur cette nouvelle Jérusalem !

— Quel programme humaniste, Victor Hugo ! Après l'édification des masses, l'édifications des sauvages.

Le vice-consul se mit à l'applaudir doucement, se retenant presque de crier bravo.

— Finalement, vous me plaisez beaucoup, Victor Hugo. Je suis sûr que l'empereur vous écoutera. Vous avez fait preuve d'un grand courage en Juin 48 en conduisant un assaut de la garde mobile sur la barricade érigée par ce peuple que vous adorez tant. Vous l'aviez oublié peut-être ?

Son adversaire avait du talent : il lui rendait coup pour coup. Des images de Paris en juin lui revinrent à l'esprit. Les barricades. Le peuple. L'armée. Le sang des innocents. Toute la furie du temps.

— J'ai fait tirer sur le peuple de Paris. C'est bien vrai. J'ai fait tirer sur les pauvres, les ouvriers, les femmes, les enfants. Mais les déportations ne sont pas de mon fait ! La mitraille non plus ! La répression depuis le coup d'État vous incombe entièrement ! Et surtout elle est illégitime. En Juin 48, nous agissions pour la défense de l'Assemblée. Vous agissez hors de la république. Vous êtes des factieux, et le peuple de France ne s'y trompe pas.

— Ce même peuple de France ne vous a pas suivi après ce que vous appelez un coup d'État ! Il a même voté en majorité pour l'Empeur. Nous sommes de la même espèce, Monsieur le Grand Poète, reconnaissez-le ! Des bourgeois avides d'ordre et de justice. Des humanistes en somme.

L'ironie du vice-consul l'atteignait profondément. Pourtant, et le vice-consul ne l'ignorait pas, ce sont les bagnes d'Alger et de Bône qui accueillent aujourd'hui les opposants au Deux décembre, où ils sont torturés par les mêmes soldats qui les ont réprimés à Paris, férocement. La conquête de l'Algérie a ensauvagé l'armée française, il en convient en privé avec le général Le Flô qui lui ouvre les yeux sur les massacres, les enfumades, les bébés embrochés sur les baïonnettes. Pour autant, il ne condamne pas cette barbarie. Sans doute se sent-il toujours coupable d'avoir fait tirer en Juin 48 sur les Bédouins de Paris, comme les ont appelés Cavaignac et ses amis. Ces généraux assoiffés de sang ont mâté les tribus algériennes en les massacrant par tous les moyens possibles avant de s'en prendre au peuple de Paris qui, jadis, il n'y a pas si longtemps, lui faisait peur comme il avait fait peur à tous les partis de la monarchie. Deux Républiques s'étaient affrontées sur les barricades de Juin, et le maire du VIIIe arrondissement faisait partie de la première, cette république conservatrice, gardienne de l'ordre, celle qui pour finir fit feu sur les ouvriers des ateliers nationaux au nom de la liberté et de l'égalité, au nom de la Justice qu'elle traînait en même temps dans la fange et le sang !

Il ressentait un profond dégoût pour cet homme de 48, sûr de son bon droit. En revanche, il n'éprouvait aucun sentiment pour ce cancrelat de vice-consul. À la rigueur, il l'amusait presque, engoncé dans ce costume d'agent de l'Empire, exilé comme lui sur ce caillou pour surveiller une horde de pauvres hères sans défense. Émile Laurent, lui aussi, se trouvait là par hasard, n'étant appelé par rien hormis le devoir absurde dicté par un monarque d'opérette. Et il s'agitait en vain au sein de ce chaos, cherchant à faire régner un semblant d'ordre comme lui-même s'était agité, triste guignol, sur les barricades, affublé de son étole tricolore de maire fraîchement élu. Il se dégoûtait : le pouvoir l'avait aveuglé jusqu'au moment où il avait dû fuir en Belgique, habillé en ouvrier typographe, muni d'un faux passeport au nom de Jacques Firmin Lanvin que lui avait procuré Juliette. Dans le fond, il n'était qu'un ouvrier typographe, un arrangeur de mots besognant dans les sordides imprimeries de l'esprit ! Il se devait de l'admettre, il avait été, jusqu'au moment où il avait dû fuir comme un brigand, le jouet de forces obscures, un pantin comme ce pauvre vice-consul.

À la différence de son interlocuteur, il avait eu de la chance, une chance inouïe. Il avait dégringolé tous les degrés de l'échelle sociale et morale sur laquelle il avait cru s'élever pendant sa romantique jeunesse. De *pater familias* exemplaire, il était devenu un mari infidèle, puis un amant indigne dont la maîtresse avait été jetée en prison à sa place ! Pour couronner le tout, il était devenu ce père monstrueux qui avait laissé mourir sa fille pendant qu'il voyageait et s'amusait avec sa seconde épouse. De pair de France, proche d'un roi qui se confiait à lui – le Prince écoutait son Poète –, il était devenu ce renégat poursuivi par toutes les polices. Par un effet pervers dont il commençait à peine à mesurer l'ampleur, il avait fait le chemin inverse qu'un homme honnête fait d'habitude pour s'établir dans la société.

— Vous avez raison, monsieur le vice-consul. L'homme que j'étais a vécu. Il est mort sur cette barricade de la rue Saint-Louis, que vous me rappelez charitablement, ou bien même avant tout cela quand je ne faisais pas encore de politique. Il y a dix ans peut-être, au retour d'un voyage dans l'Espagne. Qui sait, monsieur le vice-consul où et quand un homme commence de mourir…

Il se tut, le regard cherchant dans le vague une réponse. S'il l'entrevoyait par moments, elle lui paraissait nocturne, enfouie dans ces ténèbres de l'âme contre lesquelles il se défendait de toutes ses forces depuis qu'il avait posé le pied sur cette île.

Il finit par s'extraire de sa triste rêverie :

— L'exil dans lequel vous avez jeté cet homme déjà accablé par le destin, l'a fait beaucoup réfléchir sur sa condition. Apprenez, monsieur le vice-consul, que les hommes de ma trempe sont comme l'océan : on ne peut les fixer dans un état. Ils changent en permanence.

Il marqua un long silence avant de conclure :

— Quant à l'Algérie, je regrette finalement que le seul apport de notre belle civilisation fût cette guillotine que l'on a montée à Alger.

Le lendemain de la visite du vice-consul Laurent, il se rendit à la prison de Jersey. Il voulait rencontrer ce Julien Damascène Hubert qui lui avait rendu visite à Bruxelles et dont il n'avait gardé aucun souvenir. Peut-être eût-il pu alors l'empêcher de tomber dans l'infamie ? Il souhaitait lui parler en tête à tête ; le confesser en somme. On ne condamne pas un homme sans le regarder dans les yeux ! Le connétable, M. Philippe Asplet, le reçut avec tous les égards dus à un ami.

— Ah, si j'avais su que vous me rendriez visite ! Je vous aurais préparé quelque chose ! Je n'ai pas souvent le plaisir et l'honneur de recevoir Victor Hugo en personne ! Je n'ai rien à vous offrir pour vous réchauffer. Du vin ?

— Monsieur Asplet, je ne bois guère depuis mon enfance à Madrid !

— Appelez-moi, Philippe, s'il vous plaît. Vous étiez en Espagne ?

— Invité de Joseph Bonaparte, roi intérimaire d'Espagne ! À neuf ans, je buvais du vin de Tolède à m'en rendre malade comme un chien. Depuis, je ne peux voir ce breuvage sans un haut-le-cœur. Quand mes amis viennent me rendre visite, je leur en sers à volonté et ne remplis mon verre qu'à moitié. Je n'y touche pas du repas. À peine une gorgée diluée et sucrée. De temps en temps. Comme cela, tout le monde est content. Le Français se méfie de qui ne boit pas, monsieur… Philippe !

— Je suis moi-même un adepte de la dive bouteille ! Vous permettez ?

Il indiqua son bureau.

— Sortez donc vos munitions de ce tiroir, Philippe !

Le connétable ouvrit un grand casier de son bureau d'où il extirpa une grande bouteille qu'il posa devant eux, bien en évidence. Un vin de Bordeaux, le seul que tolérât le poète à ses heures perdues, c'est-à-dire jamais. Il sortit deux verres et les posa de part et d'autre de la table. Il se mit à remplir les deux, à l'étonnement de son invité.

— Un Français ne boit jamais seul, Dieu l'en garde ! Laissons ces mœurs barbares à nos amis britanniques ! Bien entendu, vous pouvez ne point vider le vôtre. Il ne sera pas perdu, rassurez-vous. À votre santé ainsi qu'à celle de tous les proscrits !

Et il lui fit un grand sourire en portant son verre à ses lèvres.

— Je suppose que vous êtes venu voir Hubert.

— En effet.

— Il se porte comme un charme !

— J'imagine qu'il ne meurt pas de soif !

Le connétable eut un petit rire agréable.

— Une formidable descente. Liquide et solide. Mme Asplet s'active jour et nuit aux fourneaux pour satisfaire ce Gargantua !

— C'est qu'il avait faim.

— Et la faim est mauvaise conseillère !

Cette fois, ils rirent de concert.

— Vous l'avez sauvé d'une mort certaine.
— Vous aussi !
La conversation roula longtemps à propos des proscrits, des organisations et des dissensions qui minaient cette petite communauté, puis de Jersey et de son histoire qui remontait à Rome selon le poète ; de la politique anglaise et des affaires de Monsieur Bonaparte que les deux hommes ne portaient guère dans leur cœur même si l'un, tenu par son devoir d'officier, prenait garde à ne pas trop s'avancer. Le vin aidant, on en arriva à des considérations plus intimes, des vues sur la vie des Jersiais en général, de leurs us et coutumes qui pouvaient sembler bien étranges parfois, mais ne différaient guère de ceux de la Normandie et de la Bretagne si proches. On évoqua la dame Blanche, à laquelle, les deux hommes croyaient, l'un plus que l'autre puisqu'il lui avait semblé la voir depuis sa fenêtre. En ces matières surnaturelles, la prudence était toujours de mise, mais les deux hommes s'accordaient que la nuit, parfois, des rencontres surprenantes pouvaient survenir, rencontres imaginaires ou réelles, on ne pouvait décider. On parla aussi des tables tournantes, une véritable manie venue de l'Amérique lointaine, à présent bien installée en France, et qui s'était même répandue dans la bonne société de Jersey. Les deux hommes, là encore, s'accordaient pour être des pratiquants incrédules de ce prodige.

L'après-midi s'étirait, langoureux, dans une belle lumière que quelques nuages entrecoupaient parfois. Calme et apaisé comme l'océan proche, le poète regardait son hôte boire son vin sans impatience parce que la vie n'aime pas les impatients. Elle finit toujours par leur rendre la monnaie de leur hâte en se dérobant sous leurs pieds au moment de leur dernière course. L'homme pressé meurt jeune, c'est un fait établi. Un vieillard prend le temps d'avancer vers son grand âge. Aussi, il attendit dans le calme que la bouteille fût bien entamée par son comparse pour se lever avec lui et le suivre dans l'escalier en colimaçon qui descendait au sous-sol où se trouvaient les deux cellules de cette modeste prison habituellement inoccupée. Elle n'en demeurait pas moins sinistre comme toute prison qui se respecte, lui fit remarquer l'officier légèrement gris mais très jovial. Et que dire du bruit de l'océan qui berce et apaise les plus endurcis criminels ? ajouta-t-il en plaisantant. Il vaut mieux être enfermé à Jersey, dans le confort relatif d'une cellule marine qu'à la Conciergerie ! Certes, répondit le poète auquel sa rêverie permanente procurait autant d'ivresse, sinon plus, que le raisin fermenté ingurgité par l'officier rigolard qui le précédait dans les cellules de *Her Majesty The Queen Victoria*.

— Vous êtes un hypocrite ! Toute votre vie, tous vos actes contredisent votre œuvre !

L'homme de cinquante ans ressemblait à ouvrier. Il se tenait ferme devant lui, la taille haute, les bras croisés sur un torse large et puissant. Le connétable de Jersey l'avait extrait de sa cellule à sa demande, le temps de la rencontre, une rencontre qu'il voulait courtoise. Il lui avait donc permis d'allumer sa pipe en écume de mer. Elle masquait en partie sa bouche et le bas de son visage. Le reste se perdait dans la fumée de cette bouffarde dont le fourneau brasillait à mesure que l'entretien se tendait. Ce qui avait commencé par des borborygmes, des acquiescements, des dénégations outrées du prisonnier, prenait cette fois un tour accusatoire auquel il aurait dû s'attendre, mais qui le surprit beaucoup.

— Je ne vous aime pas. Pas plus que Ledru-Rollin et Félix Pyat, deux hypocrites de votre trempe, Victor Hugo. Ces amis du genre humain prêts à laisser un homme dormir par terre pendant qu'ils couchent dans des draps de soie !

— Vous exagérez, Hubert ! Vous avez reçu un bel accueil à Jersey. Un accueil qui eût dû vous faire relativiser celui de Londres. Et apprécier la compagnie de vos nouveaux amis comme Beauvais et Hayes. Vous les avez trahis, voilà la vérité. Ne cherchez pas d'autres coupables...

Il savait que le prisonnier avait raison. Hubert et son ami Constant Bourillon avaient été traités lamentablement à Londres, où ils avaient couché à la dure, sur une dalle de pierre, comme des chiens, ce qui eût suffi à expliquer le passage à l'ennemi du bonhomme à la bouffarde. Pourtant Constant Bourillon, lui, n'a pas trahi. La faim est mauvaise conseillère, c'était la formule qu'il avait lue dans les papiers d'Hubert après le procès, formule à propos de laquelle il avait ri avec le connétable. On pouvait rire de tout, sauf de la faim si on ne l'a jamais connue ; on pouvait rire de tout sauf de la mort des enfants ! Sur ce dernier point, le plus douloureux, il avait acquis une intime connaissance. Un instant, il eût aimé échanger sa place avec le prisonnier, expier à sa place. Il l'avait fait dans son *Claude Gueux*, puis dans *Le Dernier Jour d'un condamné* : il comprenait la souffrance de ces êtres que la misère avait précipités dans les basses-fosses de la société, dans ces enfers de Dante modernes.

— De beaux discours ! L'appel sur les tombes ou du haut de la tribune ! Vous ne voyez donc pas ce que tout cela a de trompeur, de malfaisant ? Vous n'avez jamais manqué de rien, jamais eu faim, jamais dormi sans feu. Comment pouvez-vous vous arroger le droit de parler en notre nom ? C'est tout le mensonge de ce temps et qui me donne la nausée ! Quand je vous vois, je ne peux m'empêcher de sentir le voleur d'âme. Le psychopompe ! Ah ! vous vous étonnez ! Vous vous dites : il a bien des lettres, ce misérable Hubert...

— Vous étiez maître d'école. Géomètre aussi. Il ne vous en est resté rien !

Hubert s'approcha de lui, pipe au bec, menaçant sa chevelure grise d'un autodafé. Le connétable, assis sur le matelas de la cellule, la main sur son trousseau de clefs, se préparait à interrompre l'entrevue. Un regard du poète, suivi d'un geste discret de la main, l'en dissuada.

— À force de tutoyer les nuées, on en oublie d'être homme, monsieur le grand écrivain !

La figure vérolée et menaçante du maître d'école toisait le versificateur, comme il l'avait appelé. Il le méprisait, et n'avait pas besoin de mots pour le lui faire savoir : son regard, sa moustache noire, ses cheveux blancs dressés sur son crâne, renforçaient cette animosité.

— Je sais, Hubert, vous ne m'aimez pas.

Le prisonnier se mit à rire, faisant presque tomber sa pipe. Habile, il la saisit de justesse et la renfourna dans sa bouche grimaçante.

— C'est peu dire, monsieur le poète, fit-il en époussetant le tabac noirci qui avait brûlé sa chemise par endroits.

— J'ai sauvé votre tête !

— Pas ma chemise, hélas !

Il éclata de rire de nouveau, seul, un peu dément.

— Il n'empêche, cher Maître. Ce n'est pas moi que vous défendiez.

— Qui donc ?

— Vous-même, parbleu ! La splendide voix de la raison ! Le républicain abolitionniste ! Le défenseur de la veuve et de l'orphelin. Le poète des causes perdues ! Et qui souvent les perd ! C'est pratique, ces mots ronflants qui ne sont suivis d'aucun effet. Vouloir faire travailler les enfants huit heures par jour au lieu de quatorze ! Quel progrès tout de même !

Sur ce point précis, Hubert avait tort ; et raison ! Il avait combattu le baron Thénard en vain. Il s'était opposé au projet de loi d'augmenter la durée de travail des enfants en contrepartie d'élever l'âge minimum du travail de huit à dix ans ! Mais il n'avait pu faire son discours à la Chambre : l'insurrection de Juin 48 avait éclaté ; les enfants des pauvres étaient montés sur les barricades.

Il chercha à se défendre néanmoins.

— Sans travail, ils seraient morts de faim ! Vous le savez bien, Hubert. On ne peut abolir dans ce cas précis.

— Vos enfants se sont bien portés de ne point travailler à l'âge tendre… Ni plus tard, ajouta-t-il, avec une once de mépris dans la voix.

Hubert avait encore raison. Les enfants des nantis ne seront jamais forcés de travailler. Et quand tous les parents de France seront riches, ce seront les enfants des autres nations qui travailleront pour eux.

— Vous projetiez un massacre de six mois après l'assassinat de Louis Bonaparte ?

— Il faut purger la France des hypocrites. Surtout des beaux-parleurs comme vous ! Tous les comtes et les pairs ! Tous les bourgeois, tous les députés ! Tous les journalistes à la solde des puissants ! Les tuer tous !

— Félix Pyat ? Un ardent communiste qui s'est toujours rangé du côté du peuple ? Ledru-Rollin ? Charles Ribeyrolles, autre communiste, directeur du journal *L'Homme,* ici, à Jersey ? Il vous a ouvert les bras… Et Louis Blanc ?

— Eux surtout ! Félix Pyat et Ledru-Rollin m'ont laissé crever de faim et de froid à Londres. Ribeyrolles, je ne lis pas son torchon ! Que sait-il de l'Homme, je vous le demande ? Je vais vous le dire, monsieur le poète. Pour vous et vos semblables, les hommes, les femmes, les enfants, le progrès, et j'en passe, ne sont que des mots qui ornent vos articles de journaux. Quand il faut agir, un Hubert ou un Hayes, un cordonnier ou un maître d'école, montent promptement sur la barricade pour être fusillés par un faiseur de discours !

— Il faut donc massacrer tous les hommes qui me ressemblent ? Toutes les personnes qui n'ont pas l'heur de vous plaire ? Et par surcroît, les extrémistes ? Félix Pyat est un extrémiste, Ribeyrolles est un extrémiste. Vous êtes un extrémiste. Éclairez-moi, Hubert, dit-il, sarcastique.

Le prisonnier pointa et agita le bec de sa pipe devant le visage du poète qui recula d'un pas. Il n'avait pas peur de l'homme, mais l'idée d'avoir l'œil crevé par ce dard brûlant l'inquiétait. Oui, il était une sorte de Polyphème, selon Hubert : il parlait beaucoup et ne voyait que d'un côté. Il détestait les adeptes de ce poison d'Amérique, il n'avait jamais assez de mots durs à l'encontre de ces invétérés qui se pressaient chez lui pour l'enfumer ! Surtout à Marine Terrace d'où il ne pouvait les chasser. À Paris, dans une autre vie, il ne s'en privait pas ! Des barbus et des cheminées ! Juliette a raison de détester ces diables chevelus.

— Ils n'ont jamais eu faim ! dit-il en continuant à agiter sa bouffarde infernale. Vous n'avez jamais eu faim !

— Vous semblez sincère.

— Je le suis.

— Alors pourquoi trahir vos amis ? Ceux-là mêmes qui vous auraient aidé à accomplir vos noirs desseins.

Hubert se tut. Il paraissait réfléchir tout en continuant à tirer sur sa pipe comme un cannibale.

— Par amour ! cracha-t-il enfin avec beaucoup de cette fumée qui le fit reculer plus sûrement que la menace physique.

Il avait lancé le mot « amour » comme on eût dit le mot « peste » au Moyen Âge.

— La couturière ? Mélanie Simon ? Celle qui vous a dénoncé ?

— Oui.

Il resta interdit. Il entrevoyait bien une explication ; mais l'homme ne comprenait pas ce que le poète eût dû saisir promptement.

— Allons donc, monsieur le poète, ne faites pas cette mine !

— J'ai du mal à vous comprendre.

Hubert recula enfin, vaincu. Il se rassit sur sa couchette en bois, près du connétable qui avait suivi cet échange entre les deux hommes avec un vif intérêt.

— Je suis un misérable ! Un moins-que-rien, vous comprenez ?

Et il lâcha sa pipe qui se cassa en tombant par terre. Rageur, il l'éparpilla du pied.

— Avant elle, je n'étais rien, rien du tout. Un pauvre type. Un proscrit affamé. Un pauvre chien dont personne ne voulait plus.

— Vous êtes marié pourtant.

— J'ai même trois enfants ! Qu'importe ! Je ne les aime pas. Je les battais. Je battais ma femme !

— Mais vous aimiez Mélanie Simon ?

— Je l'aime toujours.

— Vous ne la battiez pas ?

— Jamais !

— Elle ne vous aime plus…

Il releva la tête et lui jeta un regard sombre.

— Il me fallait de l'argent, vous comprenez ? Beaucoup d'argent. Elle ne m'aurait pas suivi sans argent.

— Elle vous a prêté trente-deux francs pour votre voyage en France.

— C'était pour la cause révolutionnaire. Pas pour moi.

— Vous avez refusé de les lui rendre. Vous aviez pourtant touché votre salaire de mouchard et vous n'en faisiez pas mystère. Du moins avec elle puisqu'elle savait…

— Je voulais qu'elle vînt avec moi ! Je me disais : elle me suivra en France si…

— Vous la teniez grâce à l'argent.

— Oui, je la tenais par l'argent que je lui devais. Par l'argent que j'avais gagné…

— En vendant vos amis !

— En vendant mes amis ! Je l'aime, vous comprenez, je l'aime ! Je suis un misérable.

Qui d'autre que lui eût pu mieux le comprendre, et l'excuser peut-être ? Il avait aimé une comédienne plus que sa femme qui lui avait donné cinq enfants. Il l'avait adorée comme une idole païenne, lui offrant tout, sa vie, sa bourse de poète, rachetant ses dettes, partageant avec elle ses gains au théâtre, et, par-dessus le marché, lui offrant son âme perdue sur les chemins obscurs de la création. Au mitan de sa vie, alors qu'il désespérait, égaré en cette forêt sombre, il avait rencontré sa Béatrice, et elle l'avait aidé à surmonter les épreuves de sa vie. Il n'eût jamais accepté de la perdre ; Juliette lui appartenait comme il lui appartenait ; elle le suivrait dans la tombe plutôt que de l'abandonner à son misérable sort.

Néanmoins, tout poète qu'il fût, il n'était pas dupe, l'argent renforçait ce lien mystique qui les tenait soudés l'un à l'autre comme les deux faces d'une même médaille. Comme l'avait démontré dans ses romans son ami Honoré de Balzac, l'Argent est le maître suprême de nos destinées, et peut-être l'Amour, pour ceux toutefois qui ont encore une âme – même ce loup-cervier de Nucingen tombe amoureux fou d'Esther –, lui est inféodé. Une subtilité qui a échappé à notre pauvre homme assis dans sa cellule. Hubert avait manqué d'argent au point de mourir de froid, de faim, de solitude, au point de n'être plus rien, un misérable, comme il le reconnaissait lui-même. Eh bien, Hubert avait été trahi par ce même argent qui l'avait obsédé toute sa vie. Ce manque l'avait rendu fou de douleur, avait aspiré son âme, l'avait étouffée, le rendant incapable de voir que l'amour véritable n'appartient pas à la même sphère. L'argent appartient à la terre ; l'amour au ciel.

Pour combler ce manque, Hubert avait trahi ses amis, il avait trahi ce brave Hayes qui partageait son pain avec lui, il avait trahi Beauvais qui l'avait accueilli dans son auberge comme un frère, il avait trahi tous les proscrits qui l'admiraient pour son intransigeance, son fanatisme. Mélanie Simon, sa maîtresse, ne l'avait pas admis, elle avait dit non, ne voyant plus que le traître à la place de l'amant incorruptible du début. Comme un homme qui n'en a jamais eu l'usage, l'argent chez Hubert était devenu une manie, un moyen de contraindre, une puissance qu'il pensait au-dessus des lois humaines, au-dessus des lois du cœur. Or, est-il besoin de le rappeler, il n'est qu'un moyen, certes puissant, et non une fin quand il s'agit de l'âme indomptable d'une femme libre. Esther n'aime pas Nucingen, malgré tout son argent. La Torpille, son nom de guerre, préfère se donner la mort après avoir cédé au baron parce qu'elle aime Lucien de Rubempré, l'amant qu'elle perd pour une autre.

Hubert avait voulu acheter le cœur de Mélanie Simon, usant de l'argent comme d'une arme. Il avait d'abord refusé de s'acquitter de sa dette de trente-deux francs qu'elle lui réclamait : le fruit de son labeur de couturière. Tout en lui faisant miroiter les billets de banque dans son portefeuille ! Certes, il ne la battait pas comme il avait battu sa femme et ses enfants, mais il humiliait cette pauvre femme qui l'avait aimé dans la pauvreté, cette pauvreté qui l'avait rendu digne d'amour. Devenu traître, cette dignité avait disparu ; l'admiration était morte ; Mélanie Simon avait réclamé son argent, puis refusé de l'accompagner en France. L'homme qu'elle avait aimé était mort.

Ce que le poète admirait par-dessus tout chez les proscrits, c'est qu'ils ne désarmaient pas face à l'adversité : ils étaient prêts à mourir plutôt que de se renier. Aussi, il les aidait quand il le pouvait, il leur donnait de l'argent, il allait dans les cimetières pour honorer leur mémoire par des discours, pour rappeler leur lutte à tous ceux qui, en France et ailleurs, s'accommodaient du nouveau pouvoir, comme tout poète doit le faire pour tous ceux qui sacrifient leur vie pour la justice et la vérité. Mélanie Simon ne s'y était pas trompée ; elle avait ce sens de la justice chevillée au corps, à l'âme. Dès le moment où Hubert avait vendu la sienne au diable, agissant comme le diable lui-même en cherchant à se l'attacher par l'argent et la contrainte, elle avait conçu pour lui un grand mépris. Pour finir, elle l'avait dénoncé à ses camarades. Hubert avait tout perdu : sa dignité, son argent, et l'amour d'une femme qui eût pu le sauver comme il l'avait sauvé, lui, quand, à trente ans à peine, il avait été rejeté par sa femme, trompé par son meilleur ami. Il avait alors cherché à la contraindre par l'argent qu'il gagnait sur les scènes ou dans les coulisses du pouvoir royal, il avait cherché à se faire aimer d'elle de nouveau, en vain. L'amour ne s'achète pas ; pas plus que l'admiration, le talent ou la santé. Il avait compris cela très jeune.

Il avait rencontré Juliette qui l'avait aimé sans contrepartie. Il pensait l'avoir sauvée de la déchéance ! Pauvre fou, il n'avait sauvé personne d'autre que lui-même. Il l'avait même harcelée, certain qu'elle le trompait. Elle était si belle – la plus belle femme de son temps –, elle avait eu des d'amants : elle s'était endettée pour eux ! Il les jalousait terriblement. Ils l'avaient connue avant lui. Comme aurait-il pu lui faire confiance ? Sa mère avait trompé son père avec Lahorie, qui avait été son précepteur. Sa femme l'avait trompé avec Sainte-Beuve, qui avait été son ami intime. Il peinait à croire que Juliette l'aimait pour lui-même et non parce qu'il s'acquittait de ses dettes, ou à cause de sa célébrité. Elle fit tout pour l'apaiser, le détourner de cette folie qui s'insinuait en lui et rongeait leur amour. Elle sacrifia même sa liberté pour le rassurer : elle n'était pas comme les autres femmes. Et pourtant, il avait continué, inlassable, à l'interroger sur ses fréquentations, fou au point de s'enflammer pour un regard, une parole adressée à un autre, pour un rien ! Un jour, tourmentée par lui, folle de douleur, elle brûla leurs lettres et menaça de ne plus jamais le revoir. Il comprit enfin : la jalousie qui le consumait n'était pas de l'amour ; et Juliette n'en était même pas l'objet ! Sa jalousie s'enracinait chez Sophie Trébuchet, sa mère, se continuait dans Adèle, une femme froide et dure, puis se cristallisait chez Juliette où se reflétait, sur ce beau miroir, sa fragilité d'enfant abandonné. L'amour sincère et pur de Juliette l'avait confondu comme l'amour de Mélanie Simon avait confondu le traître Hubert qui n'avait su que faire de cette révélation. Oui, il comprenait le pauvre hère assis sur sa couchette qui se tenait la tête entre les mains en pleurant.

— Je suis triste pour vous, Hubert, dit-il. Très triste. Vous avez remplacé un maître par un autre, plus redoutable encore.

— Je suis un misérable !

— Vous pouvez encore vous racheter.

— Vous croyez au rachat, monsieur le poète ?

Il n'en savait rien. Cette seconde moitié de sa vie, cet exil, lui servirait peut-être à expier ses nombreux crimes. Il était comme Prométhée volant le feu aux dieux, se moquant d'eux, leur laissant les os et la graisse des bêtes sacrifiées à manger ! Puni pour ses méfaits, il se trouvait enchaîné à son Rocher pour l'éternité, le foie dévoré par le vautour de la culpabilité. C'était de ces images effroyables qu'il se nourrissait la nuit : viols divins, violences odieuses, lèpres, sacrifices ! Il faisait nuit dans son âme comme en enfer, et il cherchait dans ces images insoutenables une signification qui lui échappait l'aube venue, moment où il s'extirpait enfin de ces songes agités, au sortir de cette prison nocturne. Seul l'océan lavait ses hantises, le calmait comme une mère berçant son enfant contre son sein, ce sein maternel qui lui avait tant manqué à l'âge tendre. L'océan fait l'homme à son image. Face à lui, il pouvait enfin écrire ses poèmes, composer des ouvrages à la mesure de ces visions merveilleuses, toujours recommencées, serties d'émeraudes et de rubis qu'il lui fallait extraire de leur gangue.

Sage, Hubert eût pu se contenter de l'océan. Il était venu à Jersey pour échapper à la grisaille de Londres, cette ville inhumaine qui lui avait glacé le cœur, et retrouver la mer nourricière. Mais chez certains êtres, l'océan reste muet comme la Sphynge de Thèbes. L'énigme de l'homme, la même qui le consume chaque nuit quand il s'en remet aux tables tournantes, ne fut pas dévoilée à Hubert. Hubert errera sur la terre sans réponse.

Il sortit de la prison sans un regard pour le pauvre homme. Il en avait assez fait pour cet être que rien ne rachèterait !

Il préférait encore interroger les tables.

MAHOMET, SHAKESPEARE, ET LES AUTRES

— Qui est là ?

— Mahomet.

— Parle.

— L'ombre est encore sur le monde. La vérité martyre saigne à tous les clous de l'erreur. La nuit est profonde. Les despotes disent : nous sommes le droit. Les prêtres disent : nous sommes la loi. Le gibet répond : oui. L'échafaud répond : oui. Le charnier répond : oui. La tombe répond : non. Le lugubre hosanna du mal retentit sous le ciel étoilé chanté par les chouettes. Les corbeaux viennent becqueter le dernier regard d'amour dans les yeux mourants de Jésus. La double silhouette de la potence et de l'échafaud se dresse sur l'horizon sombre, et l'on entrevoit, debout dans les ténèbres, la religion officielle au nom du crucifix. Le jour approche et le matin vient. La nue indignée va ouvrir sa bouche et lancer sur le monde, sur le monde des ténèbres, l'astre flamboyant, formidable mitraille de lumière. Le prêtre-gibet et le pape-échafaud seront renversés. Les bastilles de l'ombre tomberont et la terre tremblera sous ceux qui sont debout, et le ciel s'ouvrira sur ceux qui sont à genoux.

Auguste Vacquerie :

— Au moment où nous te parlons, trois religions se battent en Orient. Parle-nous de ces religions et de leur avenir.

Mahomet :

— La religion catholique est le rempart de la nuit. La religion grecque est la forteresse de la neige. La religion de Mahomet est la muraille de la chair. Aucune ne doit durer. Le pape dit à l'homme : tu ne verras pas ; le czar : tu souffriras ; le sultan : tu jouiras. Les trois se trompent. Je vous dis, moi, que la chute des prêtres commence. Le prêtre du knout, le prêtre de la croix, le prêtre du croissant sont les trois cadavres que laissera le champ de bataille. La sainte n'a pas plus de raison devant Dieu que la houri, et Dieu ne veut pas plus d'une religion qui abrutit l'homme par l'ascétisme que d'une religion qui l'endort par la volupté. Allons, mes fils, il faut mourir. Je vous ai donné mon étendard pour vaincre. Je vous le laisse pour vous ensevelir.

Le Poète :

— Après la mort, dans les mondes plus heureux, a-t-on une forme ? Comment se reconnaît-on ?

— Les âmes se reconnaissent entre elles au reflet de leur corps. Le ciel est un miroir qui garde les images de la vie. Rien n'est perdu. La tombe ne prend au corps que le squelette, la forme monte aux cieux, et il y a des sourires qui s'envolent avec les âmes et des regards qui sont dans le ciel avant que la mort ait fermé les yeux.

Mme Hugo :

— Quand veux-tu revenir ?

— Jeudi.

— À quelle heure ?

— Neuf heures.

— André Chénier ?

— Oui.

— Nous t'écoutons.

— L'homme monte sur l'échafaud. Le bourreau l'attache à la bascule. La demi-lune se ferme sur son cou. L'âme des guillotinés s'envole par un carcan. L'homme alors a une seconde effroyable. Il ouvre les yeux et voit un panier plein de boue rougeâtre, c'est le fond de l'égout des échafauds, et sa tête lui dit : Je vais être là. Non, lui répond son âme. Le spectacle vient de changer. Au lieu d'une boue, il voit un océan, au lieu du sang, il voit la lumière. Par cet égout il est entré dans le ciel. Ô terreur ! Ô joie ! Ô réveil ! Ô prodigieux baiser ! Ô agenouillement ! Ô essor ! L'âme s'envole et reste à genoux. Elle reste enfant et devient oiseau. Mais, ô surprise ! Elle se sent lentement envelopper d'une forme diaphane, le ciel se fait miroir. Elle se voit. Elle est belle. Elle a vingt ans. Le corps ne cache plus l'âme, il la reflète. L'âme n'est plus enfermée dans la matière. La beauté n'est plus la chair. L'âme a pris à ce cadavre qu'on traîne au charnier tout ce qu'il a de précieux, son sourire, son regard, un baiser de Camille resté sur les lèvres de la tête coupée, un soupir oublié, un chant d'un soir d'automne, un parfum d'une matinée d'avril, une toute petite querelle de colombe, le mot : je t'aime, et elle a emporté cela dans l'azur. Je me reconnais et pourtant je n'ai plus mes sens. Je suis vivant et pourtant je ne porte plus le poids de la vie. Il coule de la lumière dans mes veines transparentes. Je reçois de l'infini par tous mes pores. Une bouche invisible me couvre d'un long baiser où je devine ma mère, où je reconnais ma maîtresse et qui a tour à tour le parfum de tous mes amours. Une ligne lumineuse sépare ma tête de mon corps. C'est une plaie animée et sensible qui reçoit le baiser de Dieu. La mort m'apparaît à la fois sur la terre et dans le ciel, tandis que mon corps transfiguré par le tombeau s'enfonce dans les béatitudes de l'éternité, je vois, à des distances immenses au-dessous de moi, mon autre corps, que le bourreau jette aux vers, ma tête qui roule dans les ruisseaux, ma plaie qui saigne, ma guillotine qu'on lave, ma chevelure qui pend au bout d'une pique et mon nom qu'on insulte. Alors j'entends une voix qui dit : Gloire à Chénier ! Et je vois descendre du fond des cieux une auréole sur mon front. C'était le panier qui finissait. Dieu achève. Les échafauds, le bourreau, et le…

Silence de l'esprit, ou de la table pour être plus juste. Ils attendent, demandent la suite : la table reste muette.

— La voix s'est tue, dit le Père à ses fils assemblés autour de lui, Charles et Auguste surtout, François-Victor ne croit pas aux tables.

Le père considère Auguste Vacquerie comme l'un de ses enfants même s'il n'est pas de son sang. Il le connaît depuis plus de vingt ans quand, plus jeune encore, Auguste Vacquerie lui adressait lettres et poèmes d'admiration.

À l'époque, il était ce frère cadet venu remplacer Eugène dans son cœur meurtri par la mort de ce dernier. Eugène s'était effondré, englouti par la folie après son mariage avec Adèle. Ils la convoitaient tous deux, mais Eugène n'avait jamais eu aucune chance. Là encore, il porte le poids de ce naufrage fraternel, de cette folie qui eût pu être la sienne si elle ne s'était transmise à son double qui, à présent, le regarde depuis l'abîme, un doigt accusateur levé sur lui.

Puis Auguste Vacquerie était devenu, l'âge aidant, à la fois ce frère et ce fils étrange, lunaire, qui ne les avait plus quittés, surtout après la mort de Léopoldine et de son mari Charles, le frère d'Auguste. Le chagrin les avait soudés. Le père eût aimé qu'il épousât sa fille Adèle. Après une courte période amoureuse, celle-ci n'avait plus semblé intéressée par le jeune homme à la longue figure austère, à la barbe noire de jeune prophète, aux yeux noirs et profonds qui se posent de plus en plus souvent sur Adèle mère, ce qui amuse beaucoup le père, trop heureux de voir sa femme occupée avec Auguste.

— C'est la mort dans la mort, dit le père sans conviction.

Il sait que cela ne veut rien dire. Ou bien Chénier est mort, ou bien il est vivant. Ce n'est pas un chat ! Certes il se trouve ailleurs, sur cet autre plan qu'il appelle l'éternité, faute de mieux. Les spectres qui s'invitent à leur table traduisent souvent sa pensée intime, ce qui l'étonne beaucoup. Parfois ils adoptent les cadences de sa prose, ses oppositions, ses contrastes. Jusqu'à un certain point ! Ils prennent aussi leur envol, comme ce pauvre André Chénier qui se tait devant le tombeau. Lui-même ne s'est-il pas tu devant le sépulcre de Léopoldine ? Que dire des rebelles empalés sur les chemins de Madrid, laissés pour l'exemple, pourrissant sur de hauts mats, les yeux exorbités et la langue pendante ? Il s'était tu, le regard captif. Quel terrible spectacle pour un enfant de dix ans, qui se souvient alors du poème de Villon et le chante à voix basse pendant que la voiture chemine, cahotante, dans la poussière et le sang !

Un souffle passe entre eux, qui les glace. Ils sont assis en cercle et se tiennent par leurs mains fragiles, tremblantes. La peur et l'angoisse sont là aussi qui les étreignent. Le vent coulis s'immisce jusque dans leurs os alors que la tempête enrage à l'extérieur de Marine Terrace. Sur l'île, l'hiver avançant, le climat devient infernal. Les nuits sont sinistres en ce début de mois de janvier ; encore plus froides et plus noires que l'année dernière. La neige a recouvert le jardin de la maison, laissant une croix noire formée par les deux murs d'enceinte. Peut-être un avant-goût de l'enfer glacé qui les attend après leur mort ? Cette pensée le fait frémir, il se couvre de son paletot gris, remet son cache-nez, ce qui fait rire ses fils, et détend un peu l'atmosphère sibérienne.

Depuis qu'il a délaissé le sieur Hubert chez le connétable Philippe Asplet, les séances ont repris de plus belle à Marine Terrace. De plus en plus intenses et longues. Après la mort extraordinaire et inattendue du mouchard, quelques jours à peine après sa visite à la prison, et cette crucifixion sur le Dicq qui mit en émoi toute la colonie, il s'était enfoncé plus profondément dans cette recherche des âmes perdues, pensant dénicher celle du traître pour lui demander de dénoncer ses meurtriers ! Hubert ne vient jamais, seuls les illustres se pressent pour délivrer leur message d'outre-tombe. Après la visite de Mahomet, il se mit à lire le Coran, ce livre dont il n'avait eu qu'une connaissance fragmentaire. Après la venue de Shakespeare, il révisa ses pièces avec François-Victor qui, décidément, préférait encore la traduction à l'esprit des tables.

— Ton nom ?

— Shakespeare.

Le Poète, qui l'attendait depuis des semaines, demande :

— J'attache un très grand prix à savoir si, avant de venir à notre prière, tu nous avais fait ce grand honneur de venir de toi-même. Dis-moi donc si c'est toi qui es déjà venu ?

— Oui.

— Tu sais que tu es pour nous un des quatre ou cinq plus grands créateurs de l'humanité, veux-tu nous dire ce qui s'est passé dans le tombeau et quelle rencontre a eu lieu le 23 avril 1616 ?

— J'ai baisé Corneille naissant.

— Je n'ai pas dit 1606 mais 1616. Recueille-toi, et cherche si ce jour-là Shakespeare n'a pas rencontré un autre immense représentant de la pensée humaine.

— Non.

— Cependant, le 23 avril 1616, Cervantès est mort, le même jour, presque à la même heure que toi. Est-ce que tu ne l'as pas rencontré ? Veux-tu répondre ?

— Non. Michel Cervantès n'est pas mort à la même heure que moi.

— Mais il est mort le même jour. Vous avez dû vous rencontrer dans le milieu où vous êtes allés. Deux génies comme vous devaient avoir à se parler. Que vous êtes-vous dit ?

— Quand on meurt, on prend tout à coup l'âge de tous les morts, c'est-à-dire de l'éternité. Dans le ciel, il n'y a ni premier ni dernier venu. Tous ont une seconde vie et cette seconde vie dure cent millions d'ans. Demander à un mort : combien de temps y a-t-il que tu es dans le ciel ? c'est demander à un rayon : combien y a-t-il de temps que tu es dans le soleil ? Une âme est une sœur qui n'a pas d'aînée. L'infini n'est pas l'aîné de l'amour. L'éternité n'est pas l'aînée du génie. Tous les grands esprits sont jumeaux. Dante n'est pas le cadet d'Eschyle, Sophocle n'est pas le puîné d'Homère, Shakespeare n'est pas le petit frère, Job n'est pas le grand, Isaïe est aussi centenaire que Moïse. L'Horeb est aussi séculaire que le Sinaï. L'idée a des fils, mais non des petits-fils. Si tu interroges le rayon sur son âge, il te dira : demande à l'éclair. Si tu questionnes l'éclair, il te dira : demande au rayon. J'ai vu Cervantès une fois. Il m'a salué et m'a parlé ainsi : Poète, que penses-tu de Don Quichotte ? Et Molière qui passait a dit : C'est le même homme que Don Juan. Et moi j'ai dit : C'est le même homme que Hamlet. Don Quichotte doute. Don Juan doute, Hamlet doute. Don Quichotte cherche, Don Juan cherche, Hamlet cherche. Don Quichotte pleure, Don Juan rit, Hamlet sourit, tous trois souffrent. Dans le crâne que tient Hamlet, il y a la larme, ô Cervantès, il y a ton rire, ô Molière. Le squelette du doute grimace sous la beauté de nos trois œuvres. Nous faisons le drame, Dieu l'achève. Regardez le ciel, c'est le dernier acte. La pierre du tombeau qui s'ouvre sur nos âmes, c'est le rideau qui se lève sur le dénouement.

Applaudis, Cervantès ! Applaudis, Molière ! Applaudis, Shakespeare ! Dieu entre en scène.

— En présence d'un génie tel que toi, les pensées abondent et se pressent, et voici celle qui s'offre d'abord à mon esprit. Quand tu étais sur la terre, tu créais, tu créais après Dieu. Maintenant que tu as quitté la terre et que tu habites la véritable vie, la lumière, qu'est-ce que fait ton génie ? Tu vis, Shakespeare, or il y a des idées indivisibles. Pour Shakespeare, vivre, c'est créer, continues-tu de créer ? Continues-tu ton œuvre ? Si tu la continues, si cela est de toi, cela doit être de tous les autres génies. De sorte qu'à côté de la création directe de Dieu, il y aurait ce que l'on pourrait appeler la création indirecte, c'est-à-dire la création de Dieu à travers les grands esprits. Ceci ouvre un horizon immense et nouveau. Veux-tu répondre à ma question ? Continues-tu ton œuvre ? Si tu la continues, est-ce selon le monde des hommes que tu as habité ou selon le monde des âmes que tu habites maintenant ? Ton œuvre subit-elle la même transformation que toi ? L'écris-tu, si ce mot écrire peut s'employer dans une langue nouvelle pour nous, que les hommes ne comprendraient pas et qui est la langue propre du ciel ? Sont-ce des drames que tu fais ? Sur quelles passions ? Sur quel monde ? Sur quelles idées ? Ces drames, s'ils nous étaient traduits, seraient-ils abordables à l'intelligence humaine ? En un mot, quel est le lien qui lierait dans ce cas ton œuvre dans le ciel à ton œuvre sur la terre ?

— La vie sur la terre a des créateurs humains. La vie céleste a le créateur divin. Créer, voilà le travail, contempler, voilà la récompense. Sur la terre, les grands esprits créent pour moraliser, mais dans le ciel tout est moral, tout est bon, tout est juste, tout est beau. Le ciel serait incomplet si je créais quelque chose, un chef-d'œuvre destituerait Dieu. Je suis condamné à l'admiration, moi l'admiré. Je suis perdu dans la foule des spectateurs, moi le créateur. Dieu se fait un parterre de demi-dieux. Orphée, Tyrtée, Homère, Eschyle, Sophocle, Euripide, Moïse, Ézéchiel, Isaïe, Daniel, Ésope, Dante, Rabelais, Cervantès, Molière, Shakespeare, et d'autres que j'entrevois sans les connaître, dans l'infini, nous sommes assis pensifs devant la lumière de l'Éternel. Jésus est à genoux. La lumière nous éclaire et nous éblouit. La vie nous ravit et nous déborde, et si tu voyais tous ces prophètes, tous ces mages, tous ces poètes et tous ces génies, siégeant en cercle autour de Dieu, tu ne me demanderais pas si je crée. Non, je regarde, non, j'écoute, non je suis un atome attentif devant l'immensité. Je suis un grand homme abdiquant devant l'infini. Je tombe archange. Je descends petit du piédestal et je jette mon auréole. Je suis un rêve dont la mort est le réveil. J'avais l'art, maintenant j'ai l'amour. Mes créations ont laissé leurs ailes dans le tombeau. L'amour, c'est l'art ressuscité. L'art marche à la porte du ciel, l'amour seul y entre. Le bonheur est une Mecque éternelle dont l'art est le pèlerin et dont l'amour est l'ange.

Mme Hugo :

— Tu dis que vous ne créez plus dans la vie où vous êtes. Comment se fait-il qu'André Chénier, lui, ne pense plus qu'à créer, à terminer ses œuvres ?

— La vie m'a couronné, elle a décapité Chénier. Chénier a encore quelque chose à dire à la vie. Moi, je ne parle plus qu'à Dieu ou en son nom. Shakespeare est le père de son œuvre. Chénier est l'orphelin de la sienne.

Cette fois-ci, Auguste Vacquerie et le père se retrouvent seuls dans le salon du rez-de-chaussée pour évoquer le mystère de cette visite de Shakespeare. Charles est retourné dans sa chambre se reposer, les séances l'épuisent. Il est le principal conducteur du fluide par lequel passent les périsprits, qui ne sont qu'une projection des morts. Sans lui rien de ceci ne se produirait, en tout cas rien de bien intéressant ! Son fils est le réceptacle du génie. Souvent les spectres chassent Adèle mère et demandent Charles !

— Shakespeare se trompe ! déclare le poète, sûr de son fait. Don Quichotte ne doute pas ! Au contraire, il voit ce que les autres ne voient pas, et ne remet jamais en cause sa vision.

— Oui, Hamlet doute, peut-être Don Juan à la toute fin, mais il est puni... Mais Don Quichotte ne doute jamais ! C'est ce qui fait le prix de sa folie.

— J'ai de la peine à croire qu'il s'agit bien de Shakespeare. Un tel esprit ne peut se tromper autant.

— De qui d'autre pourrait-il s'agir ?

— Je n'en sais rien. Un usurpateur, un autre esprit ? Ce sont des malicieux qui s'invitent à notre table, il ne faut pas l'oublier.

Il dit ça en souriant, un peu las aussi. La séance s'est achevée après minuit et ils sont fatigués ; il est épuisé par ces dernières semaines riches en rebondissements.

Le sommeil le fuit.

LE CONNÉTABLE DE JERSEY

Lorsque de nouveau il se rendit chez Philippe Asplet, le connétable, Hubert avait été crucifié sur le Dicq, spectacle terrifiant qui avait agité l'île pendant plusieurs semaines. Qui étaient les coupables ? Où se cachaient-ils ? Les proscrits furent bien entendu montrés du doigt par les Jersiais ; et l'on remarqua très vite que la bienveillance dont ils avaient bénéficié jusqu'alors se mua en défiance, voire en hostilité franche et ouverte à l'égard de ces étrangers qui bouleversaient le fragile équilibre de leur tout petit monde. Sur ces îles, réduction de sociétés plus grandes, les passions se déchaînent plus vite, les conflits sont plus vifs, et l'on a vite fait de désigner des boucs émissaires.

Le vice-consul Laurent eut beau jeu d'attiser le feu qui menaçait d'emporter la proscription, le débarrassant, d'un coup d'un seul, de nombreux problèmes. Pour remédier à cette menace, il fallait vite trouver les coupables ! Sinon la reine Victoria ordonnerait qu'on les chassât tous. C'était l'avis aussi du connétable Asplet qui contemplait son verre de vin en écoutant les élucubrations de son ami poète. Sans que personne le lui eût demandé, ce dernier s'était assigné la mission de dénicher les meurtriers de

Julien Damascène Hubert ! Ce diable d'homme ne buvait même pas d'alcool : impossible donc de le raisonner par les moyens éprouvés du vin, qui apaise son homme et le rend plus apte à écouter les conseils avisés d'un ami. Notre poète avait ce projet fou d'interroger chaque membre de la proscription, de noter les réponses et les gestes de ces derniers dans ses carnets, de vérifier leurs mobiles.

« Un travail de policier ! » lui fit remarquer le doux Asplet qui buvait son bordeaux en écoutant, bienveillant et bonhomme, le plus grand poète de France lui expliquer comment il fallait « procéder » pour « pincer » les meurtriers. Comment lui faire remarquer que le travail de la police, son travail à lui, le connétable, ne saurait se satisfaire des intuitions poétiques, certes géniales, de son ami assis dans la lumière glauque de cette journée assombrie par les prémices rugissantes d'une nouvelle tempête ? Mission impossible : le poète lui expliquait déjà comment, avec l'aide de son fils Charles, il avait interrogé les tables à propos de l'assassinat du traître Hubert, maintenant âme parmi les âmes ! Il l'avait « tout simplement » convoqué à sa table parlante ou tournante, comme il vous plaira de qualifier le procédé ! L'esprit du traître, hélas retors comme feu son maître, l'avait surtout gratifié de malsonnantes épithètes en guise d'explication de texte ! Le poète en avait été mortifié, même si son propre fils avait ri de bon cœur. À l'évidence, Julien Damascène Hubert, ou son périsprit comme il est coutume de le désigner dans les cercles occultistes, ne désirait pas collaborer avec le poète voyant !

Entêté comme une mule, sa devise étant de ne renoncer jamais, ce dernier fit derechef des tentatives, plusieurs soirs d'affilée, qui demeurèrent lettre morte. À la fin, las, l'esprit embrumé par les élucubrations de la table, son fils et lui n'obtinrent plus que des syllabes éparses, des borborygmes scripturaires, et quelques méchants coups derrière l'oreille du père, assenés par son lit au moment du coucher. Le mort se vengeait !

Ce brave M. Asplet esquissa un sourire patelin à l'écoute de ce récit drolatique, ce qui faillit provoquer l'ire du preux et sobre chevalier des lettres. Les hommes de plume sont piqués au vif dès que l'on contrarie leurs croyances qu'ils tiennent pour des vérités établies. Le connétable ne chercha pas à le détromper. Il se contenta de lever son verre de vin et de le vider en regardant tomber la lumière comme un rideau de théâtre. Le ciel recouvert de mille épaisseurs nuageuses – il n'était point versé en météorologie, et n'eût pu nommer avec exactitude les formations nébuleuses – avait obscurci la terre jusqu'au point où il alluma une lampe pour contrer l'obscurité.

Il se pencha alors vers son interlocuteur et lui tint à peu près ce langage :

« Mon cher ami, ou si vous me le permettez, mon cher Victor Hugo, je vous admire plus que tout et je comprends votre quête de justice, cette justice qui semble compter plus que tout à vos yeux, et dont vous nous avez fait d'ailleurs l'admirable leçon au procès du sieur Hubert. Je suis tout comme vous un admirateur de M. Kardec et de ses théories spirites auxquelles, je le confesse ici devant vous, il m'arrive de m'adonner pendant mes heures de loisir, comme vous le faites en compagnie de vos enfants et de vos amis. C'est à Jersey aujourd'hui, comme à Paris hier, une occupation largement répandue dans la bonne société où l'on peut ainsi disputer avec les morts à défaut de le faire sans risque avec les vivants. Que voulez-vous, les amis du vice-consul Laurent que vous connaissez, les agents de Sa Majesté la reine Victoria, plus discrets, veillent, pour des raisons différentes certes, à préserver une apparence de calme. Mais, et le mais est d'importance, cette manie fébrile des tables tournantes qui agite les nuits de nos semblables, de l'Amérique jusqu'à la France, de la Belgique en passant par notre chère Angleterre, ne saurait à elle seule mener à des conclusions probantes en matière judiciaire.

« Il me paraît, en y songeant bien, ne vous cabrez pas, mon cher ami, qu'en matière poétique là encore les résultats sont le plus souvent médiocres. Un exemple : chez moi ou chez d'autres gens de ma connaissance, aucune visite de grand écrivain ou de grand penseur n'est à signaler ; c'est à peine si un personnage important jette un mot en passant, mot usé qui se délite ensuite dans la nuit de la mémoire. En revanche, une tante morte tragiquement, une arrière-grand-mère revêche viennent parfois dire quelques mots à leurs petits-enfants, nièces ou petits-neveux. Ces visiteurs de la nuit se montrent souvent désobligeants sur les uns et les autres, ce qui amuse ou scandalise les gens simples dont je m'honore de faire partie. Rien de grandiose, rien de mémorable dans ces visites intempestives, rien qui puisse se comparer à ce qui se passe chez vous, mon cher Victor Hugo, où le Génie frappe tous les soirs à votre table parce qu'il se sent invité à le faire, où les grands hommes des temps passés viennent discuter avec vous des grandes énigmes de ce monde, des mystères insondables de l'au-delà, des théories les plus avancées sur l'existence après le tombeau. Je ne sais si je me fais bien comprendre : le vin n'aide pas à l'expression claire de la pensée, veuillez m'en excuser.

« Dans ce contexte très particulier d'une famille comme la vôtre où l'on dispute des choses de l'esprit comme chez d'autres du prix du pain au Moyen Âge, le sieur Hubert n'a pas véritablement sa place. Il ne tutoie pas les sommets, il n'embrasse pas les vastes étendues de l'esprit comme vous le faites en compagnie de vos enfants, accoutumés à vivre sur un autre plan de l'existence, un plan plus élevé que celui de la majorité des proscrits et des habitants de Jersey. Sur le plan, plus modeste, qui nous occupe, les affaires humaines restent platement humaines. Le crime ne peut être résolu que par les faibles moyens de l'investigation à notre disposition. Celle-ci ne peut être conduite que par un esprit simple, un peu étroit, terre à terre, comme le mien. Un esprit que l'on dit policier. Un esprit lent, méticuleux, attaché aux détails, aux contradictions, aux concordances mystérieuses, aux nombres, aux rumeurs, aux passions obscures et souvent ridicules ; en somme, à la nature humaine ! Ah, permettez-moi de me resservir un verre de cet excellent vin ! J'ai le gosier un peu sec, voyez-vous, ce climat humide a le pouvoir de m'assécher la gorge. Vous n'en voulez pas une lichette ? Bon, je comprends, il est encore tôt !

« Reprenons notre propos où nous l'avons laissé, si vous le voulez bien. Un esprit policier s'attachera aux preuves fournies par les individus eux-mêmes qu'il aura eu le loisir d'interroger avec finesse. Il y a peu de crimes à Jersey comme vous le savez, en dehors des crimes coutumiers qui sont le plus souvent résolus d'eux-mêmes. Un conflit de voisinage, un crime passionnel, une ivrognerie qui tourne mal. La chose est simple, évidente, et souvent les coupables se rendent à la police et se confessent. On les coffre avant de les expédier devant le juge. Certains, quand ils le peuvent, fuient vers le continent ou l'Angleterre, où l'on a vite fait de leur mettre la main au collet. Dans le cas des proscrits, c'est bien plus compliqué comme vous vous en doutez. Le crime, dans ce cas, est politique. Les mobiles sont politiques. Il s'agit rarement d'une personne cherchant à vider une querelle, comme ce bon Beauvais tirant son couteau pour égorger Hubert ! Geste que j'ai pu empêcher et qui, à mon avis, ne s'est jamais reproduit. Oui, j'ai interrogé Beauvais après la mort d'Hubert. Pour lui la querelle s'est vidée au moment même où il a remisé son arme dans sa poche. Et voyez-vous, j'ai eu la faiblesse de le croire ! Je l'ai cru parce que cet homme généreux, cet homme chassé de France par tous les pouvoirs, est un homme intègre. Eût-il assassiné Hubert, qu'il tenait en haute estime avant toute cette sordide affaire, qu'il se fût rendu à la police sur-le-champ et eût confessé son crime. Ce type d'homme ne cache rien, ne masque ni sa nature ni son mobile. C'est une qualité rare et admirable chez l'homme, et je l'apprécie beaucoup chez notre brave Beauvais !

« Je suis allé ensuite interroger son ami Hayes, avec qui il projetait de se rendre à Paris pour attenter à la vie de Napoléon III. Je ne vous apprends rien. Vous ne le portez pas dans votre cœur, n'est-ce pas ? »

Il se permit de rire sous l'effet du vin sans doute ou parce que lui-même avait très peu d'estime pour l'Usurpateur.

« C'est bien dommage que vous ne buviez pas, mon cher Victor, reprit-il, le vin éclaircit l'esprit avant que de l'embrumer définitivement. Il me permet de rêver quand le monde est une grande énigme. À vous, il suffit de prendre la plume et de tenter, par le moyen de l'imagination, d'élucider ou de comprendre le mouvement des âmes, le roulement des sphères célestes. Je n'ai pas cette faculté imaginative à ma disposition ; aussi je bois du vin et les choses me paraissent plus claires ! »

« … »

« Oh, vous avez bien raison, cher Maître, il fallait interroger Mélanie Simon, la maîtresse… »

Asplet se permit un sourire, là aussi. Se moquait-il de son invité ? Avec beaucoup de douceur et de gentillesse. L'invité, lui, sourit à son tour ; et le connétable, bien émerillonné par le vin, poursuivit son récit.

« Que nous dit la maîtresse ? Rien que nous ne sachions déjà… Elle fut sous le charme d'Hubert le miséreux, l'indomptable, l'incorruptible qui se présenta à Jersey comme Ulysse chez les Phéaciens ! Notre Nausicaa tomba amoureuse du voyageur venu de Londres ; elle le vêtit, le blanchit, le nourrit et lui prêta de l'argent pour retourner à Ithaque, où il était censé défaire les prétendants et libérer notre patrie du joug infâme de Jupiter ou Badinguet, comme il vous plaira de le surnommer. Bien entendu, tout cet échafaudage mythologique, de bric et de broc, conspirationniste, révolutionnaire, eut vite fait de s'écrouler, ce qui ne manqua pas d'éveiller les soupçons de Mélanie Simon. Elle aussi avait appris par les journaux que nos amis de la proscription étaient arrêtés en France après le passage de son amant. Elle interrogea Hubert à ce sujet, il nia. Elle ne le crut pas, d'autant moins qu'il semblait avoir plus de ressources qu'à son départ. Il lui montrait des billets de banque en la priant de repartir en France avec lui, cette fois pour s'y établir définitivement. Elle lui demanda d'où venait l'argent, il lui répondit que sa femme le lui avait rendu après la vente d'une terre ou d'un bien qu'ils avaient acquis ensemble. Mélanie Simon ne le crut pas et réclama son salaire de couturière : il refusa pour les motifs que nous savons tous déjà, à savoir la garder près de lui… Il tomba dans son estime comme Satan du ciel du bon Dieu ! Elle le dénonça à ses amis de la proscription, chanta sur tous les toits que c'était un mouchard, eut pour finir gain de cause puisqu'on organisa le procès de son amant. »

Le connétable déboucha une deuxième bouteille de ce vin de Bordeaux qu'il appréciait beaucoup à l'évidence. Il regardait son verre se remplir de couleurs chatoyantes, et déclama un quatrain de Khayyâm, poète persan qu'un touriste anglais lui avait traduit alors qu'il séjournait à Jersey pour y chercher l'inspiration. Le bougre s'appelait Fitzgerald et s'apprêtait à publier son travail à Londres. Le connétable avait été frappé par l'extraordinaire beauté des vers qui dépeignaient sa passion pour la belle liqueur qui se déversait en chantant dans sa coupe.

« Mélanie Simon avait vu juste. Hubert était un mouchard. On ne trompe pas une femme, comme vous le savez, mon cher Maître, on ne fait jamais que se tromper soi-même. A-t-elle assassiné Hubert ? Je le lui ai demandé. Comme ça, face à elle, le regard vissé dans le sien. C'est ainsi que l'on débusque le mensonge chez l'homme, nous, les policiers. Le menteur baisse les yeux ou dérobe son visage en vous répondant, d'un ton égal, trop égal pour être sincère. La femme ou l'homme honnêtes vous regardent droit dans les yeux, sans ciller, mais la voix moins assurée que le fourbe. Un visage ne ment jamais à qui sait le lire. Mélanie Simon n'a pas baissé les yeux, elle n'a pas dérobé son visage. »

Incrédule, le poète lui demanda s'il avait insisté auprès de la couturière. Après tout, elle avait nourri du ressentiment à l'égard de cet amant indélicat qui lui avait dérobé son argent, son honneur et sa confiance. Il connaissait la force sourde du ressentiment, ce venin qui empoisonne les âmes, s'infiltre dans les esprits et les cœurs. Hubert avait été rongé par le ressentiment ; il avait trahi ses amis, trahi ses compagnons de lutte, trahi sa maîtresse, trahi sa conscience par-dessus tout. Il ne lui était plus rien resté de bon après cela. Il s'était déshonoré, puis s'était tapi dans l'obscur de sa conscience. Lui-même avait nourri de l'amertume après la mort de Léopoldine. Son cœur s'était fermé aux êtres ; ses yeux n'avaient plus vu le monde. Il était rentré en lui-même, et n'avait plus vécu hormis dans le souvenir de sa pauvre fille qu'il n'avait pu sauver. Il s'était noyé après elle dans un océan noir ; il n'avait plus entendu la voix de Dieu.

Il avait posé sa plume, pris congé de sa muse. Pourtant, pour un regard extérieur, il avait maintenu une vie sociale exemplaire de père de famille et d'homme public. Il avait continué à occuper son siège à l'Académie, acquis de haute lutte, et tenté vainement d'y faire élire son ami Balzac. Il avait prononcé des discours pleins de sagesse et raison à la pairie où il siégeait parmi la noblesse, comme le lui avait demandé le roi. Lui, le roturier, s'était élevé à la seule force de sa plume. Il s'était prononcé contre la mort d'hommes qui avaient trahi, comme jadis Lahorie avait trahi Napoléon Ier, ou attenté à la personne du roi. Il s'était dressé contre l'exploitation des enfants, contre la misère des hommes de peine, tout en continuant à traverser la vie telle une ombre errante sur les rives de l'Achéron. Il s'était de nouveau éveillé à l'amour avec Léonie qui avait l'âge de sa fille si celle-ci avait continué de vivre. Le scandale provoqué par leur liaison, le sentiment de la perte de toute dignité qui avait suivi l'avaient sorti de son isolement intérieur. Tout le moi de Victor Hugo, tout ce qu'il avait édifié au fil des ans, s'était effondré comme une tour frappée par la foudre. Et il s'était retrouvé tel Adam chassé du paradis. De quel paradis ? Celui de la jeunesse et d'une innocence entamées par le deuil. En l'insultant, en le traînant dans la boue des conventions sociales et religieuses, en le traquant comme un criminel parce qu'il avait osé s'opposer au tyran, le poussant à l'exil, la meute, élancée à ses trousses, l'avait libéré de lui-même et des autres. Elle lui avait aussi ôté son sentiment de culpabilité. En posant le pied sur l'île de Jersey, il avait parachevé sa mue, devenant un homme libéré des contraintes, enrichi de sa solitude royale.

Il avait repris sa plume.

Asplet s'était resservi un verre pour se réchauffer. Vrai, il faisait bien froid dans cette pièce sombre où ils devisaient de l'affaire Hubert et de sa mort effroyable. Oui, Asplet avait interrogé Mélanie Simon, et lui avait demandé, à deux reprises, si elle avait participé ou aidé au meurtre de son ancien amant.

« À quoi bon ? » lui avait-elle répondu en le regardant fièrement, le visage fermé. Après tout, ce n'était qu'une couturière venue de France pour des raisons obscures, et elle avait logé gracieusement Hubert. Avaient-ils été amants ? Elle restait muette sur cette part secrète de sa vie : elle le logeait, elle lui avait prêté trente-deux francs lorsqu'il avait voulu aller à Paris pour ses projets révolutionnaires. À son retour, il n'avait pas voulu les lui rendre ! Il lui montrait l'argent dans son portefeuille. Il paradait, gonflé d'importance, et l'implorait en même temps de le suivre en France. Elle refusa. Peut-être comprenait-elle que nos vies ne sont pas inépuisables ; les lieux que nous hantons, au cours de notre existence, ne sont ni infinis ni interchangeables. Elle avait trouvé à Jersey une seconde patrie. Nous en sommes tous là, habitants précaires des îles : des oiseaux aux ailes brisées que l'envol rebute…

Pourtant, jamais au grand jamais, elle n'admit devant moi avoir été sa maîtresse, se retranchant derrière cette pudeur féminine inexpugnable comme une Bastille.

« Nous sommes encore chez les zoulous ! s'exclama le connétable Asplet ; les femmes sont peu libres, quoi qu'on en dise, surtout dans la proscription ! Hubert était mort dans son cœur, c'était comme s'il n'avait jamais existé. Elle ne l'aimait plus, elle ne le haïssait point non plus : il lui était indifférent. Après le procès, sa colère s'était étanchée. Justice lui avait été rendue et cela suffisait à son contentement. J'eus la faiblesse de la croire, en dépit de ce que l'on dit sur ces affaires de crime. Vous savez : Toujours chercher au plus proche : l'amant, la femme, le mari, la maîtresse... »

Il se tut et reprit une gorgée de vin.

La nuit était tombée, dehors le vent rageait. Il semblait aux deux hommes enveloppés dans la faible lueur de cette lampe-tempête, qui peinait à les extraire de la pénombre, que la nature répondait aux tourments de leurs âmes.

« Dans cette affaire qui nous occupe, mon cher Victor Hugo, le mobile n'est ni passionnel ni crapuleux. Il est politique et seulement politique. J'ai laissé Mélanie Simon repartir chez elle, et je crois avoir bien fait ! »

Il replongea dans une forme de morosité silencieuse, la lueur de la lampe se faisant encore plus ténue, elle devait manquer de combustible, et le connétable Asplet ne s'en souciait plus. Les ténèbres les enserraient. Ils s'apprêtaient à être engloutis par le saccage effrayant de la tempête. Il ne leur restait plus qu'à prier en silence que la nature déchaînée ne les effaçât point de la surface du monde. C'était peut-être le vin qui rendait muet l'officier de police, l'engourdissait, l'éteignait comme une bougie noyée dans sa cire brûlante.

« Vous rendez-vous compte de tout ce tumulte ? »

Parlait-il de la tempête ou de l'affaire Hubert ? Le poète acquiesça comme s'il comprenait cet homme perdu dans ses ténèbres intérieures. Ces labyrinthes de l'esprit lui étaient parfaitement connus, cartographiés même ; il les avait arpentés pendant des siècles, des millénaires peut-être, sous toutes les formes possibles ; du vermisseau au papillon, de l'anguille au singe, forme à peine humaine que le temps, ce grand sculpteur, avait modelée comme pour se rire de la Création en tournant son visage simiesque vers Dieu.

Que pouvait-il dire de Philippe Asplet ? C'était un Jersiais fier, écrivant dans la langue franco-normande des poèmes satiriques qui le faisaient rire. Il adorait à la fois Victor Hugo et Alphonse Bianchi, dont la femme Jenny avait fait passer en contrebande *Napoléon le Petit* en France et qui pour cela fut jetée en prison ! Asplet protégeait les proscrits, à la fois de la police de Badinguet et de la reine Victoria qui ne voulait pas se brouiller avec son grand voisin. Asplet marchait sur un fil tendu entre deux montagnes, équilibriste joyeux que les souffrances des pauvres et des exilés touchaient au cœur. Il craignait que le meurtre d'Hubert ne conduisît à l'expulsion de la colonie protestataire, l'avenir de la France selon lui, embourbée au milieu de l'Atlantique, ballottée par les vents contraires de l'Histoire.

Alphonse Bianchi était l'ami intime d'Asplet, son ami à lui aussi. Ses articles sur la misère des ouvriers de Lille lui avaient dessillé les yeux. Il s'était rendu pour le compte de l'Assemblée législative dans les caves de Lille, ces ratières où crevaient les ouvriers misérables ; visite faite en compagnie de Blanqui, de Louis Napoléon Bonaparte au temps où il était fréquentable et d'Émile de Girardin, le mari de Delphine. Oh oui, il était proche de celui qui deviendrait le Badinguet des révolutionnaires, celui-là même qu'avait voulu faire sauter Hubert dans son train, son Boustrapa en qui, aveugle comme une vieille taupe, il avait vu un républicain ! Il avait été joué par l'homme aux fines moustaches de chat et ne se le pardonnait pas, même si les tables mouvantes lui affirmaient que son règne ne durerait pas plus de deux années encore. En 1855, il rentrerait chez lui ! Il croyait les tables, elles lui avaient fait entendre sa fille !

« Vous rendez-vous compte de tout ce tumulte ? » répéta le connétable en se resservant du vin dans cette lueur trouble baignant son bureau depuis que la lampe menaçait de rendre l'âme.

— Oui, je crois...

— Vos amis sont innocents, Victor.

— Quels amis ?

— Ratier, Cahaigne, l'avocat Mathé, Seigneuret qui pourtant ne peut être rangé parmi les modérés...

— Ce sont des compagnons de lutte, des exilés !

— Laissez-moi poursuivre. Je les ai tous interrogés pendant que vous tourniez les esprits chez vous comme le lait dans une baratte !

Le poète fut vexé. Il n'en montra rien à son interlocuteur. Il excusait l'homme à cause du vin qui coulait dans ses veines.

— Soit. Continuez...

— Charles Ribeyrolles, et même votre ami et ennemi Pierre Leroux... Que vous soupçonnez à tort à mon avis...

— Il n'a rien à faire dans la proscription ! Je le trouve louche. Il n'était pas au procès d'Hubert !

— Ça n'en fait pas un coupable pour autant.

— Personne ne l'a chassé de France ! Et il est là parmi nous… Il renseigne ses maîtres à Paris !

— Que pourrait-il dire que tout le monde ne sache déjà ? Que le grand Victor Hugo écrit ses ouvrages, rencontre ses amis révoltés, fait tourner les tables ? Ne le prenez pas mal, mon ami, je ne cherche pas à vous heurter… Vous êtes Victor Hugo, et cela suffit à dresser la France de Louis Napoléon contre vous ! Il suffit au bon vice-consul Laurent, que vous avez rencontré, de broder un roman sur vos agissements ici pour accroître encore plus votre renommée et votre prestige ! J'ai donc interrogé tous ces hommes, et ils vous admirent tous. Pierre Leroux aussi, qui vous jalouse un peu. Ils ont écouté votre discours et accepté de laisser Hubert vivre par admiration pour le plus grand poète que la France ait porté.

— Il est mort pourtant !

— Cet homme n'a jamais vécu. Il est mort à Londres dans la misère avec toutes ses espérances, avec toutes ses croyances en l'avenir du genre humain.

— On l'a crucifié !

— Pour l'exemple… Ou pour autre chose… Réfléchissez, mon ami, réfléchissez donc… Pourquoi tuer ce personnage insignifiant ?

— Et Avias ? Et Guay ? Et Cauvet ? Et Fillon ? Ils voulaient s'en prendre à lui pendant le procès. Je ne crois pas qu'ils aient désarmé.

— Avias est un mythomane. Son histoire de désertion à Rome, de condamnation à mort puis d'évasion est un roman à la Dumas !

— Guay ?

— Guay est un personnage plus trouble, je vous l'accorde. C'est un homme capable comme Alfred Fillon. Il le faut pour échapper à la police en naviguant sur les canaux du Poitou ! De là à assassiner un homme sans importance comme Hubert…

— Vous l'avez interrogé ? »

Il l'avait interrogé. Fillon lui avait répondu qu'il y avait eu procès, la sentence rendue le satisfaisait. C'était un homme douteux, volontaire, inflexible. Si on le lui avait demandé, il eût exécuté Hubert de ses propres mains. On ne le lui avait pas demandé, assura-t-il au connétable. Quant aux paroles étranges qu'il avait prononcées au cours du procès, l'idée de lui raser le crâne et de lui couper une oreille, il lui avait expliqué que c'était bien ce que l'on faisait aux Arabes en Algérie ! Il crut cet homme condamné par contumace à la déportation en Algérie.

« Il n'est pas coupable. De même ce Cauvet, un ivrogne et un velléitaire ! Vous le recevez souvent à Marine Terrace. C'est un brave garçon que son vice tue à petit feu. Le croyez-vous capable de s'extraire des brumes de l'alcool pour étrangler un homme et le crucifier sur une plage ?

— Il n'en a pas l'étoffe… Vous avez raison. Fillon ?

— Il vous a raconté à vous aussi qu'il avait fait disparaître un traître, un agent de police, du nom de Thomas en Algérie ? Vous le croyez ?

— Oui.

— Un gaillard, ce Fillon, échappé de Maison-Carrée, non loin d'Alger, avec son ami Victor Fond. Je me suis renseigné, j'ai encore des amis sur le continent qui me donnent des informations. Il dit vrai : l'évasion, la probable l'histoire de la disparition d'Auguste Thomas.

— Il n'en fait pas mystère.

— Eh bien, Alfred Fillon est un ami très cher, et il n'a jamais tué personne. Il vous a raconté cette histoire qu'on lui a racontée quand il était en déportation.

— Qui alors ?

— D'après vous ?

— Tout le monde aurait pu vouloir sa mort ! Il a trahi toute la proscription !

— Vous vous égarez. Cherchez le mobile, et vous tiendrez votre homme, ou plutôt vos hommes. Il en faut quelques-uns pour hisser le Christ sur un mât et l'y clouer comme un papillon.

Il ne savait pas si cette image du papillon était la plus appropriée, mais le vin la lui avait soufflée. Il écrirait à ce propos un poème en jersiais…

— Et si c'était une femme ? proposa le poète.

— Mélanie Simon ?

— Oui.

— Non.

— Il l'a bafouée ! Il s'est moqué d'elle !

— Puisque je vous dis qu'elle ne l'aime plus.

— Alors elle le hait !

Asplet se demanda pourquoi le poète en voulait tant aux femmes. Elles l'avaient aimé, un peu trop même s'il s'en tenait aux ragots colportés sur sa vie privée. Il vivait avec sa maîtresse sans se cacher. Par le passé, on lui avait reproché un écart de conduite qui avait failli lui coûter sa carrière et sa liberté. Mais c'était sa maîtresse qui avait porté tout le fardeau du scandale. Pauvre fille. Pauvre fille perdue. Où était-elle à présent ?

— Elle ne le hait point.

— Qu'en savez-vous ?

— C'est évident, mon cher Victor Hugo. Il n'y a pas d'affaire Hubert à élucider.

— Pierre Leroux ?

— Laissez ce pauvre bonhomme tranquille.

— Son ami Alfred Hayes ?

— Non.

— Beauvais ?

— Parbleu, non !

— Qui alors !

Asplet se pencha sur son bureau et ouvrit un tiroir d'où il tira une feuille blanche pliée en quatre. Il la tendit au poète.

— Qu'est-ce donc ?

— Le bon de versement de la caution d'Hubert.

Le poète déplia la feuille et la lut. Son visage s'illumina.

— Je comprends tout à présent. On ne peut rien faire.

— Nos mains sont liées, confirma le connétable qui en profita pour de nouveau remplir son verre.

— Émile Laurent, le vice-consul, a signé ce bon de caution... Mais de là à l'assassiner...

— Lui ou ses hommes. Le mobile est clair.

— Salir la proscription. Nous faire tous chasser de Jersey.

— Il n'y parviendra pas, mon cher Victor Hugo. Et vous savez pourquoi ?

Le poète l'ignorait.

— Je le convoquerai et lui dirai que nous n'avons pas de coupable.

— Il protestera !

— Je lui montrerai ce bon de caution et il se taira.

— Il poursuivra sa campagne calomnieuse contre les proscrits.

— Il n'en fera rien. La seule preuve à notre disposition, une preuve écrite, est sa signature au bas de cette feuille entre vos mains. Il suffit de rendre un rapport en mentionnant l'unique preuve et notre vice-consul est déshonoré !

— Il ne comprendra pas.

Le connétable tendit le bras et très lentement le poète lui rendit le papier déplié.

— Vous verrez qu'il comprendra. Il cessera même, pendant quelque temps, de nous importuner.

— Et s'il n'était pas coupable ?

— Mon cher Victor Hugo, il se peut qu'une femme ait cherché à nuire à Hubert, une femme humiliée. Il se peut aussi qu'un ami se fût vengé d'une trahison jugée intolérable. Qu'un exalté eût voulu faire un exemple de la mort effroyable d'un traître… J'imagine très bien plusieurs personnages se liguant pour l'assassiner et le clouer comme un chien sur un poteau ! Il eût bien mérité ce châtiment après tout…

— Pourquoi ne rien faire alors ?

— Le plus important pour moi, pour nous tous, est que vous restiez à Jersey, mon cher Victor Hugo. Quelle fierté pour notre petite île que de vous avoir épargné les vicissitudes du temps !

Le connétable Philippe Asplet leva son verre de vin, en souriant, vers cet ami lointain qui entrait déjà dans la nuit de sa plus grande gloire. »

UN ÉPILOGUE

Un clair de lune, à peine troublé par quelques nuages épars, éclairait les alentours de l'hôtel particulier du 14, rue Fortunée.

Il marchait doucement comme si ses pas eussent risqué de réveiller les ombres endormies autour de lui. Il s'approchait à pas de loup de l'étrange demeure surmontée d'une coupole byzantine qui la distinguait de loin des autres bâtisses environnantes. Puis il se dirigea vers l'entrée, ralentissant peu à peu son allure. Il attendit quelques instants devant la façade haute, le souffle coupé, le cœur affolé. Il ne savait si c'était la tristesse ou la douleur qui l'étreignaient soudain. Il attendit de se calmer puis se décida. Il leva le poing et frappa à la porte, doucement d'abord, puis un peu plus fort pour qu'on l'entendît. La maison était grande et il fallait laisser aux habitants le temps d'ouvrir. Il patienta quelques minutes, s'apprêtait à recommencer lorsqu'il entendit enfin des pas légers. On lui ouvrit.

Cheveux défaits, une jeune femme munie d'une chandelle, qui l'éclairait à peine, le dévisageait par la porte entrebâillée. Elle se tenait en retrait. Elle avait peut-être peur de cet homme qui se dressait devant elle. Grâce à la pleine lune, il vit qu'elle pleurait. Ému par sa jeunesse, par sa tristesse aussi, le visiteur eut envie de la prendre dans ses bras pour la consoler. Il aimait les femmes, toutes les femmes. Il se retint pourtant, le moment n'étant guère propice aux effusions intimes. Un homme se mourait dans cette maison.

— Ah ! Monsieur Hugo ! fit la servante quand il se présenta.

Elle le fit entrer et referma la porte derrière eux. Elle le pria de la suivre puis l'abandonna aussitôt dans un grand salon aux fenêtres recouvertes de larges tentures. Un chandelier en argent éclairait les murs dorés. Face à une cheminée éteinte, une console portait un buste en marbre de son ami, sculpté par David d'Angers. Une table ovale, dressée sur des pieds dorés, occupait le centre de la pièce. Il n'eut aucune peine à l'imaginer assis, entouré de ses manuscrits, une cafetière à portée de main, la plume glissant sans fatigue sur le papier pendant mille et une nuits d'insomnie.

Les mains nouées derrière le dos, il attendit qu'on vînt le chercher, les pieds posés sur un tapis dont les motifs entrelacés le captivaient. Il s'y abîma comme un noyé dans la mer, cherchant peut-être une fuyante vérité dans ces arabesques. Un instant, il se crut dans une caverne bourrée de trésors extraordinaires : jarres de dinars vomissant des pièces d'or, pierreries dans le feu du soir, lampes magiques espérant la caresse de l'enfant qui les réveillerait pour exaucer des rêves extraordinaires, tapis volants attendant sagement dans la poussière argentée le prince d'un jour qui les chevaucherait. Sa fertile imagination le transportait très loin, lui permettant d'échapper à la fatale attraction de la mort. Juché sur son tapis merveilleux, il survolait des orients fabuleux.

Une deuxième servante le tira de sa rêverie orientale. Il ne l'avait pas entendue s'approcher de lui. Elle aussi pleurait en silence, entourée de ces merveilles amassées par son ami et dont les couleurs chaudes rehaussaient son visage d'ange. Sous la coupole, des fresques les surplombaient, renforçant l'impression qu'il avait de se trouver dans un écrin. Le salon arrondi était tendu de damas bouton d'or qui brillaient comme des soleils nocturnes.

— Monsieur de Balzac se meurt seul, dans sa chambre, dit-elle en sanglotant.

Elle ajouta :

— Madame est rentrée chez elle !

La Cosaque ! Honoré l'avait courtisée pendant deux décades, s'épuisant à la poursuivre en diligence à travers toute l'Europe. Une noble épouse fortunée lui permettrait de continuer à écrire sans se soucier des créanciers qui l'assiégeaient. Il avait attendu que le mari meure pour demander sa main. Incertaine et capricieuse, elle l'avait fait patienter pendant sept longues années avant d'accepter. Ce délai absurde l'avait usé autant que les voyages à travers le continent pour la rejoindre. Quand il l'épousa enfin, Honoré était déjà malade. Il souffrait de maux au cœur et à l'abdomen. Il avait pris du poids et s'essoufflait au point qu'il ne parvenait plus à marcher sans aide.

Mme Hanska l'avait assassiné ; ainsi que ses dettes immenses, son labeur incessant, et ce maudit café dont il ingurgitait des litres pour ne pas s'endormir sur sa copie, besognant les songes comme un forçat. Il s'était tué à son grand œuvre, à sa capricieuse maîtresse russe, à ses commandes innombrables, comme ce pauvre Raphaël au four et au moulin de sa *Fornarina* dont il avait admiré le portrait à Rome, *palazzo Barberini*. Rome est une gloire, où chaque ruine témoigne d'une grandeur. À l'inverse de la muse italienne, la *boulangère* ukrainienne manquait de grandeur à ses yeux de poète. Il la trouvait rustaude, paysanne. Un sentiment de mépris pour cette femme qui ne lui avait rien fait l'envahit. Il lui trouvait mille défauts alors qu'il ne la connaissait pas. Elle avait déserté la chambre de son mari à l'agonie. Elle l'avait ruiné avec ses exigences dispendieuses. Est-ce ainsi que les hommes meurent, seuls et incompris, rejetés par ceux-là mêmes pour qui ils ont donné leur vie ?

Un nouvel abattement tomba sur ses épaules. L'image sainte de Léopoldine revint le hanter. Il se ressaisit pour écouter la servante qui lui disait du mal de sa maîtresse, abondant dans son sens, comme si tous deux partageaient leur haine de l'étrangère pour mieux se rapprocher. Elle reçoit seule les médecins, s'enferme avec eux dans un cabinet à quelques mètres de la chambre de Monsieur de Balzac ! Elle a déjà rangé les plus beaux tableaux, ses plus belles tapisseries, dans des malles qu'elle enverra bientôt par la poste à Moscou. Ragots de domestiques auxquels il veut bien croire. George Sand a trompé Musset malade avec son médecin à Venise ! On ne sait jamais de quoi sont capables ces femmes. Il revoyait sa mère, Sophie Trébuchet, se cachant avec son amant Lahorie aux Feuillantines. Le matin même de son arrestation, elle tentait encore de le soustraire aux gendarmes.

Il entendit la servante lui dire :

— Une plaie à la jambe gauche, la gangrène qu'ils disent, ces messieurs. Les médecins ne savent pas ce qu'ils font !

Elle les méprise, médecins et femme de son maître réunis. Elle va perdre ses gages à cause d'eux. Ce n'est pas la Russe qui la recommandera ensuite ! Les hommes de l'art sont des bouchers, des escrocs. De cela, il ne doutait point, faisant tout pour les éviter comme la peste. Il observait une hygiène stricte, prenait deux douches froides par jour, marchait sans cesse quand il n'était pas à son bureau pour composer. Il ne fumait pas. Il détestait ces maniaques du tabac qu'il chassait de chez lui à coups de balai. En vérité, il se contentait de les prier poliment de sortir pour s'adonner à ce fumeux vice qui le rendait nauséeux. Il buvait à peine un peu de bière ou du vin dilué avec de l'eau sucrée. À Madrid, enfant, il avait bu à s'en rendre malade. Depuis la seule vue d'une bouteille d'alcool le révulsait. En revanche, il dévorait ses repas avec l'appétit de quatre prélats après carême – écrire est un labeur – ; il se rendait à la selle chaque matin avec une précision d'horloger ; il se dépensait sans compter en courant les rues de Paris, s'aventurant jusqu'aux Barrières où il pouvait trousser les filles du peuple pour quelques sous.

La domestique, rendue belle par la colère, poursuivit sa diatribe contre les médecins :

— Ils disaient que l'hydropisie de Monsieur était une hydropisie couenneuse, une infiltration, c'est leur mot. Que la peau et la chair étaient comme du lard. Il était impossible de lui faire une ponction. Eh bien, le mois dernier, en se couchant, Monsieur s'est heurté à un meuble historié, la peau s'est déchirée, et toute l'eau qu'il avait dans le corps a coulé.

Il s'en souvenait très bien, il lui avait rendu visite alors pour s'assurer qu'il se rétablissait. Ils avaient parlé politique, puis évoqué Léopoldine. Il était reparti, rassuré.

Elle leva les mains au ciel comme pour les maudire.

— Les médecins ont dit : Tiens ! Cela les a étonnés, et, depuis ce temps-là, ils lui ont fait la ponction. Ils ont dit : Imitons la nature.

Elle eut envie de rire, mais se retint devant lui. Elle poursuivit le récit détaillé des affres du « pauvre Monsieur de Balzac » comme elle disait.

— Bien sûr, il lui est venu un abcès à la jambe. Cela, ces messieurs ne l'avaient pas prévu ! C'est ce M. Roux qui l'a opéré. Hier on a levé l'appareil. La plaie, au lieu d'avoir suppuré, était rouge, sèche et brûlante. Alors ils ont dit : Il est perdu, et ne sont plus revenus. On est allé chez quatre ou cinq médecins, inutilement, tous ont répondu : « Il n'y a rien à faire ». La nuit a été mauvaise. Ce matin à neuf heures, Monsieur ne parlait plus. Madame a fait chercher un prêtre ! Le prêtre est venu et a donné à Monsieur l'extrême-onction. Monsieur a fait signe avec les yeux qu'il comprenait. Une heure après, il a serré la main de sa sœur, Mme de Surville.

— Si vous voulez, Monsieur Hugo, je vais aller chercher son mari, M. de Surville.

La servante s'éclipsa. Son bavardage l'avait épuisé. Pour se ressaisir, il fixa le buste en marbre qui semblait prendre vie dans le salon. Chose incroyable, il vit s'agiter le visage de son ami. Un rictus se dessinait sur la bouche de marbre blanc que l'absence de lumière rendait presque noir. Tétanisé par sa vision, il se sentit piqué par un stylet de glace. Il parvint finalement à détacher son regard du buste.

M. de Surville entra à son tour. Ils se saluèrent en silence.

— Puis-je voir M. de Balzac ?

— Bien entendu. Je vous y conduis.

Il traversa un couloir, monta un escalier recouvert d'un épais tapis qui amortissait ses pas.

Des statuettes, des tableaux, des vases, des livres encombraient les marches de l'escalier. C'était la muraille de Chine de l'intelligence et de la Beauté que son ami avait dressée face au néant et qu'il enjambait avec précaution de crainte qu'elle ne s'écroulât. Ces précieux objets que son ami avait chéris seraient dispersés bientôt aux quatre vents par sa femme. Décidément, cette dernière ne ressemblait en rien à sa Juliette, une fille du peuple, fidèle malgré les trahisons innombrables dont il l'avait gratifiée au fil des ans. Ne l'avait-on pas surpris au lit avec une femme mariée de vingt ans sa cadette ? Il se consolait de la mort de Léopoldine en cherchant dans ce miroir de Léonie Biard le beau visage de sa fille disparue.

Le scandale avait failli l'emporter. En tout cas, il avait terni son image d'homme intègre, d'ami de la royauté et de pair de France. Le défenseur de la veuve et de l'orpheline, le grand Poète des pauvres gens, était un fieffé coquin qui troussait le jupon des honnêtes gens. Léonie était mariée à l'irascible M. Biard, un cocu qui s'était uniquement soucié de son honneur au moment où sa femme avait demandé le divorce. Pris avec sa maîtresse par des agents de police, il échappa à l'arrestation en invoquant l'inviolabilité du statut de pair de France, Léonie, moins chanceuse, se retrouva à Saint-Lazare, enfermée avec les putains. Il est mis au pilori de l'opinion publique dès que la nouvelle se propage. C'est ainsi que la populace s'attaque aux grands hommes, en les tirant vers le bas, c'est-à-dire vers elle. Ce qu'elle ne peut saisir au vol par la pensée, elle le traîne dans la boue par le talon.

Il flottait dans la chambre une odeur de putréfaction : la gangrène avait dévoré la jambe de Balzac. Il pensa ouvrir les fenêtres pour en chasser les miasmes, respirer l'air nocturne de Paris. Il ne bougea pas. À la place, il regarda longuement le grand lit d'acajou où reposait son ami. Un corps gonflé comme un cachalot à l'échouage, noyé dans sa chair, se consumait et s'éteignait, chandelle étouffée dans sa cire. Visage violacé, épais, une jambe démesurément gonflée suspendue en l'air par un système de câbles et de poulies, Honoré reposait sur un amas d'oreillers assemblés à la hâte par ses servantes. Il avait cinquante et un ans.

« Victor, tu n'es pas si loin en âge que ton ami, s'entend-il dire. Tu es un grand poète, un dramaturge reconnu, mais un romancier novice en comparaison avec ce géant couché devant toi. Il s'est emparé des foules avec plus de force et de puissance créatrice que toi. Tous ses livres ne forment qu'un livre, livre vivant, lumineux, profond, où l'on voit aller et venir et marcher et se mouvoir, avec je ne sais quoi d'effaré et de terrible mêlé au réel, toute notre civilisation contemporaine ; livre merveilleux que le poète a intitulé comédie et qu'il aurait pu intituler histoire, qui prend toutes les formes et tous les styles, qui dépasse Tacite et qui va jusqu'à Suétone, qui traverse Beaumarchais et qui va jusqu'à Rabelais. »

Il se dit cela parce qu'il le pense ; il l'écrira bientôt pour son oraison funèbre qu'il prononcera devant le Tout-Paris des écrivains.

Il cherche la main de son ami sous la couverture. De profil, il ressemble à Napoléon Ier, ce qu'il a été pour la littérature, un conquérant immense dont on n'a pas fini de cartographier l'empire, un empire de mots qui disparaîtra avec la fin de la langue française ; c'est-à-dire jamais !

Il prend sa grosse main dans la sienne, la serre pour lui dire adieu.

— Vous êtes un démagogue, Victor ! Comment avez-vous pu renoncer à ce titre de pair de France, le plus beau après le titre de roi de France ! Et pourquoi ? La République que vous appelez de vos vœux ? Allons donc, elle n'existera jamais ! Votre Assemblée est composée de coquins !

— Elle existera aussi sûrement qu'existe votre père Goriot !

Ça fait rire le gros bonhomme, le flatte aussi.

— Ce que j'aime bien avec vous, Hugo, c'est que vous nous prenez toujours par les sentiments.

C'est bien sûr une attaque, voilée certes, sur son romantisme politique.

Il se défend :

— Vous êtes un romantique comme moi, comme Dumas, comme Gautier ! Seulement vous penchez plus la tête vers le roi de France et ce Moyen Âge de la pensée que vous embellissez. La mienne, tout aussi frêle, penche vers l'Empereur, un peu moins vers la Révolution qui a coupé des têtes innocentes.

— Oh, j'aime bien Napoléon Bonaparte, mon cher Victor ! Mais voyez-vous, il lui a manqué Dieu… J'ai peu de goût pour la République, c'est bien vrai, ajouta-t-il en souriant avec peine.

Sa jambe le faisant souffrir malgré tout.

— Je crois au Progrès, oui. Je crois que les Hommes sont nés pour s'élever et vivre égaux. Vous ne les voyez que dans la tourbe. Personne ne trouve grâce à vos yeux, et votre Rastignac devient complice de l'infamie pour s'élever dans la société.

— Comme vous y allez, mon ami. Vautrin est homme de Progrès après tout. Ce mot de progrès est une insulte pour l'Histoire, qui ne fait que se répéter, tourner sans cesse sur elle-même comme une toupie. Les hommes qui pensent comme vous nous ont causé bien des peines, pendant et après la Révolution. Le Progrès, selon vos amis, c'est la machine de M. Guillotin.

— Il est des hommes malheureux, répond-il à son ami dont la jambe souffrante est posée sur un tabouret damassé rouge. Christophe Colomb ne peut attacher son nom à sa découverte ; Guillotin ne peut décoller le sien de son invention.

— Le progrès, c'est la barbarie rendue efficace. C'est le fond de l'homme qu'il faut changer, Victor. Et ce dernier est une bête à peine apprivoisée par dix mille ans de civilisation. Un cœur qui ne changera pas. Je vous admire de croire le contraire. En revanche vous vous êtes fourvoyé. Au lieu de vous agenouiller devant Dieu, vous servez les démons de la démagogie et de la politique. Vous êtes entré en politique comme on entre dans les ordres après…

Sa grosse main est posée sur sa canne sertie de turquoises :

— J'ai la maison de M. de Beaujon, moins le jardin, mais avec la tribune sur la petite église du coin de la rue.

Cet écrin acheté au financier pour y loger sa Hanska, et dont il est très fier à l'évidence. Il l'a décoré comme la demeure d'Edmond Dantès. Où a-t-il trouvé l'argent pour s'offrir cette folie ? Encore un mystère de cet homme qui se tient tout d'un bloc, déjà sculpté dans le marbre de l'immortalité.

— J'ai là, dans mon escalier, une porte qui ouvre sur l'église. Un tour de clef, et je suis à la messe. Je tiens plus à cette tribune qu'au jardin !

Il le conduit à l'escalier en question. Il demande à sa femme de lui montrer tous ses tableaux avant de partir.

Il lui dit pour finir, une main sur son épaule :

— Mon cher Victor, je ne vous blâme pas. Je sais que vous avez beaucoup souffert de la mort de Léopoldine.

Remerciements

Ce livre n'aurait pu être écrit sans Victor Hugo lui-même. J'ai puisé dans *Choses vues* des scènes et la trame de l'affaire Hubert, scènes mises entre guillemets pour rendre à Victor ce qui appartient à Hugo. *Le Livre des tables parlantes* étant une œuvre collective – enfin je le crois –, je me suis permis d'en intégrer des extraits à mon roman avec parfois quelques modifications.

Je tiens à rendre hommage aussi à l'immense travail biographique de Jean-Marc Hovasse dont la biographie de Victor Hugo en deux tomes, parue chez Fayard, m'a souvent servi de guide. Je ne peux qu'en conseiller la lecture à tous les amoureux de l'œuvre hugolienne.

Pour ce qui est des révolutionnaires français du XIXe siècle, et il y en eut beaucoup, célèbres ou inconnus, dont certains comme Hubert se retrouvèrent à Jersey, je vous renvoie au site en ligne du dictionnaire biographique *Le Maitron* (maitron.fr), animé par une équipe scientifique dont le travail extraordinaire sur le mouvement ouvrier et le mouvement social mérite d'être amplement connu et diffusé.

Pour le reste, j'ai inventé une vie de Victor Hugo à Jersey, faite de l'étoffe des songes…

Pour en savoir plus
sur les Éditions Plon
(catalogue, auteurs, vidéos, actualités...),
vous pouvez consulter
www.plon.fr
www.lisez.com

lisez!

et nous suivre sur les réseaux sociaux

Editions Plon
@EditionsPlon
@editionsplon

#lisez! engagé
www.lisez.com
Pour plus d'information :
Imprimé sur du papier issu de forêts gérées durablement.

CET OUVRAGE A ÉTÉ ACHEVÉ D'IMPRIMER SUR ROTO-PAGE
PAR L'IMPRIMERIE FLOCH À MAYENNE EN MAI 2025

N° d'édition : P32301/01
N° d'impression : 107116
Imprimé en France